山海藏经

陈小遇 著

言羽 · 小寻

半生注定,半世流离。
余生,与我,哪一个是你割舍不下的眷念?

渠梁 · 神玥

在跌跌撞撞的时光里,所有离别的时辰都藏着重逢的理由。三生三世,该遇见的人,一个也散不了。

姬雀 · 莒莒

在婆娑的红尘里，做一对最寻常的伴侣，执子之手，无关朝暮。何人候我，在灯火阑珊处？

目次

楔子

第一章

- 005　校园邂逅
- 008　倾慕暗生
- 009　初遇敦煌
- 011　离奇失踪
- 014　重回敦煌
- 016　发现线索
- 020　山海笔记
- 023　左江岩画

第二章

- 029　河祭盛况
- 031　女奴前史
- 035　奇异女巫
- 038　神玥被救
- 040　妖女出走
- 047　言羽前史
- 051　河伯往事
- 054　玄铁收妖
- 062　重新上路

第三章

- 065　追杀鲛人
- 069　初遇小寻
- 071　姬雀骗钱

074	刺杀言羽
078	坠下山谷
082	神荼郁垒
085	寒渊出场
086	收宗布神

第四章

093	巫族被灭
096	前往蜀国
099	晚宴杀机
103	小寻失踪
105	玄蛇前传
106	摄魂书生
108	初尝爱恋
111	书生现行
113	寒渊野心
117	群斗相柳
121	欢喜冤家
124	苦命鸳鸯
126	求助蜀王

第五章

| 131 | 九寨追忆 |
| 133 | 昆仑寻踪 |

第六章

137	旱魃登场
140	旱魃前史
141	封印旱魃
146	众人会合
150	渠梁相救
152	渠梁遇刺
156	人妖殊途
158	神玥失心

第七章

163	共度余生
164	应龙亡妻
169	应龙斗蛇
172	秦军大败
173	营救应龙
176	言羽身世
180	言羽归来
186	生我何用

第八章

191	决战寒渊
197	除掉相柳
199	封印言羽
203	三年以后
209	鬼谷奇缘

番外：红尘不渡

世有五毒心：贪嗔痴慢疑。
人间万灵，皆有之。

楔子

山海生万物，有灵则为妖，有情则为人。

风急天高，虎啸猿啼。

乌云越来越浓，天色越来越暗。

一道紫红色闪电锋利地划破苍穹，霹雳震彻长空，骤雨即刻倾盆。海天一色，晦暗，混沌，而浑浊。滂沱的暴雨如注，从天而降，惊涛拍岸。浊浪排空，似要冲上云霄，吞噬摇摇欲坠的浓云。狂风钳紧巨浪，恶狠狠地甩向悬崖，碎成尘雾。

日星隐曜，山海怒号。

凄风苦雨间，我艰难前行。

汹涌的激流冲击我的鱼尾，冷雨拍打我瘦削的脸庞，黑瀑布般浓密的长发紧紧贴在后背。一个浪头劈面而来，我仓皇伏入水中，俄顷又急匆匆钻出水面，惊惶地回头。

身后，一介白衣书生，眉头微蹙，目光如炬，急速踏水而来。说时迟、那时快，他抽出背在身后的竹简，寒光凛凛，化作万千利箭，以迅雷不及掩耳之势向我刺来。

我还没来得及钻入水中，便心头一紧，一枚利箭"嗖"地刺穿我的胸膛。血肉撕裂的声音近在咫尺，震耳欲聋。

那是死亡之音。

我低头，望见胸口那枚利箭重新化为竹简，上书一行小字：

噬梦而生，破梦而亡。

弥留前，我回首凝望那白衣少年。

他眼角，竟含了一滴泪。

眉山目水，犹如故人归。

"飞机已降落在敦煌机场，室外温度十八摄氏度，飞机正在滑行。为了您和他人的安全，请您扣好安全带，不要起身或打开行李架。"

机身轻晃，摇醒一场扑朔迷离的梦。

我手里，还躺着那本古旧的《山海经》。

近来读《山海经》，不觉间竟入了梦。梦里，我的模样恰如书内青丘英水的鲛人，人面鱼身，结泪成珠。而那追杀我的白衣少年，却有几分似曾相识。

背着半人高的背包下了飞机，一时竟有些恍惚。

我终于回来了。

我来，是为寻一人。

第一章

二〇一七年，南京

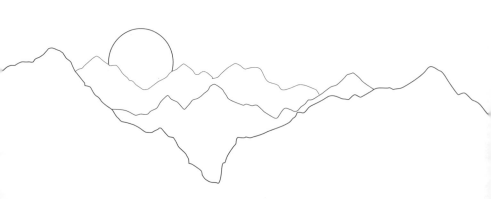

校园邂逅

我是南京人,从小父母送我去国外读书,想让我接受最好的教育。因为对壁画的热爱,我执意回国,凭借出众的美术特长,在艺考中一路过关斩将,最终考入本市一所艺术类院校,入读壁画专业。

我对油画、水墨素来兴趣不高,却钟情于壁画这一古老的画艺。我隐约觉得,那些狞厉沧桑的壁画里,隐藏着上古时期的秘密,既有温情脉脉的人道牧歌,也有鲜血、撕裂和马革裹尸,关于图腾,关于前生。于是,我放弃了热门的平面设计专业,选择了相对冷僻的壁画系。

大学的第一堂专业课,我满心期待,好奇而虔诚。

一个潇洒挺拔的男生,大步流星走进教室。

白衬衫,牛仔裤,清爽利落。

"同学们好,我叫颜予,教大家本学期的壁画课。"原来竟是老师,看年纪,比我们大不了多少。

"今天,是各位同学进入大学的第一堂课,我们来聊聊艺术,聊聊壁画。"颜予认真地扫视了一遍全班同学,低头看了看放在讲桌上的学生名单,笑着说:"不如我们请几位同学来谈一谈,为什么会选择壁画这个专业吧,正好也可以和大家相互认识一下。"

颜予点到一位男同学的名字,男生站起来,尴尬地挠挠头:"我本来想选平面设计专业的,可惜分数不够,就被调剂过来了。"男生话音一落,就引来一片笑声。

颜予也不恼,温和地说:"你倒是很诚实嘛。不过我想,在座的各位绝大多数应该都是被调剂来的吧。"

大家面面相觑,点了点头。

"那有没有哪位同学是自主选择咱们专业的呢?"颜予又环视了一遍整间教室,眼里满含期待。

只有我一人沉静地举起了手。

颜予望向我,像他乡遇故知,笑弯了眼睛。"来,这位戴棒球帽的女生,你来说说,为什么选择壁画这个专业?"他顿了顿,"顺便做一下自我介绍。"

"你好颜予,我是江寻。"我冲他微微一笑,算是打了招呼。"我在加拿大长大。加国人民普遍对图腾有很深的敬畏,在温哥华机场,竖立着许多'totem pole(图腾柱)',UBC(英属哥伦比亚大学)的校园里更是设立专门的Museum of Anthropology(人类学博物馆),介绍相关知识。而壁画是艺术最早的起源。原始人把壁画当成一种图腾,当成完结心愿的一个信念。他们在外出打猎前夜,会在墙上画一头野猪、一把弓箭,还有人用弓箭射杀野猪的场景。他们相信,在壁上作画,这件事就能完成。这种信念和图腾融入灵魂,由此产生了壁画艺术。我想,壁画是原始人的一种精神寄托,一种信仰。"

"可是,在如今这个年代,谈信仰和寄托,是不是有点不合时宜?"颜予眯起眼睛,意味深长地问我。

我略微有点失望,淡淡地答:"或许吧。我只是觉得,人活在世上,有点无功利的精神生活也不坏。"说完,便自顾自地坐了下来。他既这样问,想必不是什么高远之士。

"谢谢你,江寻。你的回答让我很惊喜,也很感动。"颜予的言辞间,流露着难以抑制的喜悦。"正因为身处这个熙熙攘攘的时代,人人被世俗所缚,被眼前的苟且、被房价、被柴米油盐的琐屑压得喘不过气,我们才更需要一种远大的、轻松的、无功利的精神生活。艺术,就是这样一片宁静的远方。"

我抬头望他,他眼眸里有光。

"之所以穿越千年的壁画,依然能够抚平当代人心头的褶皱,是因为人性的进化是很慢很慢的。而我们,从事艺术工作的人,就是'画灵人',是摆渡人。把艺术引渡至人间,拯救人类的灵魂。"

刹那间,似乎所有的阳光都倾泻在他的眉眼和指间,兀地点亮了我的整个世界。

此去经年,言犹在耳。

他是我混沌中的第一缕光。

倾慕暗生

从大一到大三,颜予的课,我从未缺席。

每个周末,他带学生在城内外采风,我都会报名。

大多数时候,我不多言,只默默地画。

有时我想,许多看起来仰赖技术的行当,其实最缺的恰恰是灵魂。这也是为什么多数艺术作品匠气太重,而灵气稀薄。在我从小到大遇见的众多美术学者中,颜予绝不是最知名的,也不是画艺最精湛的,但我之所以跟定了他,大约是因为他是一个有灵魂的人。

他曾说:"江寻是我见过最有才华的学生。"

也许是画师间的惺惺相惜,又或是年少时的懵懂情愫,三年来,六个学期,我每天清晨六点醒来,七点十分准时等候在颜予必经的路上。

那里有一堵矮墙,我在这边,从错落有致的砖孔里,看他从教师宿舍向教学楼走去。

等他时,我读诗。

如何让你遇见我

在我最美的时刻

为这

我在佛前长跪 祈求千年
今生，我化作一棵树
长在你必经的路旁
阳光下慎重地开满了花
朵朵是我前世的盼望

懵懂，稚拙，蒙昧。
唯有一腔孤勇。
朵朵是我前世的盼望。

初遇敦煌

大三暑假，颜予说，他要去敦煌，参与修复壁画。

我站在他宿舍门口，望着他："颜予，我想跟你一起去。"

他停下了收拾行李的动作，走过来，冲我微笑着说："小寻，大漠风沙漫漫，气候恶劣，把你的皮肤晒伤了怎么办？那里不是女孩子应该去的地方。等我回来，到别的地方时再带你去。"

"江南水乡温润，怎能孕育出原始粗犷的壁画？"我问道。

"不是的，小寻。我这次前去，是为了修复《山海经》。"

"我从小在国外长大，语文向来不好，只读过鲁迅写的《阿长与〈山海经〉》。人面的兽,九头的蛇,一脚的牛,这《山海经》里大都是些妖魔鬼怪吧?"

"的确,大多数人把《山海经》视为一部神魔妖兽的连环画,但其实没那么简单。这部书里,涵盖了上古时期的山川地貌、巫术民俗、金石矿物、生灵草木,堪称一部百科奇书。"颜予微微蹙了一下眉头,"我有一种预感,或许在《山海经》里还藏着一个未知的世间。"

"你这样讲倒是更勾起了我的好奇心,我一定要跟你一起去了。"我歪着头,冲颜予眨眨眼。

"我的意思是,《山海经》不只存在于敦煌壁画中。南及两广,北通蒙古,西往祁连,东至姑苏,整部画卷浩如烟海。我们可以同去其他城市,追寻《山海经》。但此次前往大漠,我不赞同你去。"

"所以你下学期就不会回来带课了吗?"我急急追问。

颜予点点头。"艺术不属于校园。有人的地方就是江湖,永远充满了斗争。我想让自己纯粹一点。"

我想起上学期末,颜予给一个整个学期从未出勤的学生打了低分,致使她在评优中落后,没能评上一等奖学金。这个女生不惜动用各种关系,百般报复颜予。还在网上发帖,诬陷颜予打分不公,甚至"潜规则"自己的学生。

颜予只是一个普普通通的教职工,对方却有点背景,系主任本说要管,最后也不了了之。

他心里总归是失望的吧。

我于是转身回了宿舍,缄默地收好行囊,买了和颜予同一趟火车票,在车站等他。

望见我时,颜予睁圆了眼睛,非常诧异,又有点动容:"小寻,你真是个倔强的孩子。"

你看,我一直都是这样执着的人。
你要走,我陪你,天涯海角。
你丢了,我寻你,万水千山。

离奇失踪

暑期结束,颜予没有跟我回南京。
他说,课堂以外的天地才是艺术真正的殿堂。
校园里,多的是钩心斗角,人心险恶。
我说:"那你等我。等我毕业,就来找你。"
一年之约既许,我从未忘记。
他走过许多地方,每到一处都会给我寄一张明信片。
滇南川藏,吴越两广,洞庭鄱阳。

收到最后一张明信片时是临近毕业的五月。

他竟又回了敦煌。

小寻：

　　我终于发现了《山海经》的秘密。

　　等你来，与你分享。

颜予，2017年初夏，于敦煌

我能感受到他穿透纸背的喜悦。

究竟什么是《山海经》的秘密？难道果真如颜予所言，《山海经》里藏着另一个世间？

我不得而知。

我满心期待。

期待揭开《山海经》的谜底，更期待与他相见。

朵朵是我前世的盼望。

为赴颜予的一年之约，我依着《山海经》里鲛人的模样，画了一幅长卷。

画上，一条黑发如瀑的美人鱼，倚着礁石，凝望夕阳，忧郁的侧颜，结泪成珠。

我擅画悲伤，常以等待、思念、苦恋作为画作的主题。有时我也困惑，自己明明情感清澈，从未受过情伤，何来幽怨？

许是前世结着未了的情缘罢。

我心里暗笑自己荒诞又天真的论调：江寻啊，你果然还是一个少女心满满的小姑娘。

"小寻，你听说了吗？"室友火急火燎地冲进寝室，上气不接下气地说道。

"听说什么？还有什么新鲜事能让咱们这些大四老学姐激动的呢？"我正在为画卷题字，漫不经心地问。

室友从口袋里掏出手机，急忙翻了几下，便举到我面前："你快看朋友圈啊！"

从她的手机屏幕里，我看到朋友圈里刷屏的一条消息：

南京某高校美术学院讲师颜某，于外出访学采风期间失踪，疑已辞世。

我心一惊，手一抖，打翻了颜料盘。

"山有木兮木有枝，心悦君兮君不知"这行小字才刚写完。

我发疯似的抛下一切，买了当晚赴陇的机票，全然不顾第二天就是论文答辩的日子。

我不相信颜予死了。

他没有死。他一定还在人间的某个角落,等待和他最有才华的小寻重逢。

我发誓要找到他。

你走之后时间的灰,轻易打湿我的梦。

我用尽余生,只为两件事:怀念,或者寻找。

重回敦煌

敦煌本是一座小城。

近几年,莫高窟和月牙泉声名日盛。当地政府抓住机遇,大力发展旅游,倒使这小城成了周边城市里发展最好的一座县级市。当地人打趣:"人们说甘肃的酒泉、甘肃的嘉峪关,哪有人敢说甘肃的敦煌?说到敦煌,那得是世界的敦煌、人类的敦煌。"

旅游业的勃兴使敦煌名气日盛。旺季时,莫高窟一票难求,慕名而来的游客摩肩接踵,十分壮观。

古代壁画一般分为石窟寺壁画、建筑壁画、墓葬壁画三种。敦煌石窟众多,壁画多属第一类。不过,像莫高窟这类久负盛名的壁画,有专业的修复团队,自然无须颜予来完成,他选择的多是一些周边的小窟。其中,我当年随他修复的,也是他花费最多心血的石窟，名为山海窟，位于敦煌东北部的北戈壁滩，近兰新线柳园车站。

颜予失踪，恰恰也是在山海窟。

我把行李放在车站旁的小旅馆，未做停顿，便匆忙来到山海窟。因为壁画修复师失踪，工作人员报了警，整个山海窟入口全部封上了警戒隔离带。只是西北本就人烟稀少，近几年集中发展景区，北戈壁滩一带几乎人迹罕至，隔离带也便形同虚设。

大漠神秘，千百年来失踪的旅人难以胜数，谁会真心在意一个寂寂无闻的壁画师呢？

重回山海窟，洞窟脚下的小屋依然如故。

我轻轻叩门："请问有人吗？"

"是警察吗？"屋里传来一声苍老而低沉的声音，想必是那位长年看护山海窟的老人。

"不是，我是江寻，学壁画的学生，以前来修过壁画。"

只听到沉沉的脚步缓缓行到门口，门"吱呀"一声开了。

"哦，我记得你，小姑娘。你是来找你男朋友的吧？"一年时光，老人看起来老了许多。

"他不是……嗯，对，您知道他出什么事了吗？"老人误以为颜予是我男友，我竟没有反驳，心下还生出些许暗喜。

倘若不是为一个"情"字，我又何至于放弃优渥家境、光明前程，辗转飘零至此。

老人摇了摇头，"那孩子过来一个多月了，白天画画，晚上住在窟里，隔一阵子去城里买点干粮，还总给我带包烟。后来我有几天没见着他人影了，就去窟里瞅了一眼，结果看见东西摊了一地，人没了。"老人叹了口气，"挺好的一个小伙子，不明不白地就没了。敦煌这地儿啊，邪乎。"

"那我能进去看看吗？"我问。

"警察过来看过几次，贴了封条，不过也就是个摆设。你要想进，就进去吧。"老人慢悠悠地回屋了，小屋的桌角还放着一包黑兰州，大约是颜予从城里给他买的烟。

我转身向洞窟走去，轻巧地一躬身，钻进警戒带。

发现线索

山海窟因壁画得名，四壁绘满《山海经》长卷，笔笔栩栩如生。

西壁一轮明月，月中蟾蜍清晰可见，月下西王母恬然端坐，优雅娴静，座下九尾狐与三足乌，作为后勤官与信使官。

东壁红日高悬，日中凤凰振翅穿飞，其状如鸡，五彩花纹。首纹曰德，翼纹曰义，背纹曰礼，胸纹曰仁，腹纹曰信。自歌自舞,与西王母相对而视。

南壁一匹白鹿英姿飒爽,姿态傲然,头生四角,鹿角盛开海棠。一位肩生双翅的少女立于鹿侧,临云飞升,正所谓羽化而登仙。

北壁巨浪滔天,美丽的人鱼穿梭浪间,神色仓皇。身后一位白衣少年,目光如炬,踏水立于江心,几柄利箭脱手而出。

我恍然忆起火车上的那场梦,竟如此相似!

不过,我转念一想,或许是因我曾来此地修复过壁画,脑海中印下了这幕长卷,近日又重读《山海经》,才梦见鲛人罢了,巧合而已。

我长舒一口气,仔细查看起这幅壁画来。

西王母、九尾狐、三足乌,及凤凰、夫诸、鲛人,皆是《山海经》中广为人知的妖、神、兽。遥想一年前,我和颜予初来此地,这幅壁画已然斑驳,山海窟年久失修,只有一位垂垂老矣的工作人员,守护着《山海经》千年的秘密。

荒疏得措手不及。

后来,在颜予的精心修复下,壁画重焕生机。

这些壁画染着历史的风尘,和着时光的沉香,穿越千年,呈现在世人面前。而壁画修复师就像医生,为它们诊断痼疾、治疗病害,留下最真实明丽的艺术品。

古代壁画的病害往往非常复杂。结构性病害如裂隙、空鼓、画面脱落、壁画支撑体脱落；环境病害如颜料变性、霉菌入侵、动植物新陈代谢、地下水可溶盐的损害；也有壁画自身工艺老化，导致画面层粉化、起甲，以及种种人为因素。同一洞窟的不同区域，同一壁画的不同位置，病害都可能千差万别。

美学修复是壁画修复的重要环节，依据的原则有二：一是真实，二是原初。颜予曾在课堂上讲："壁画修复从来不是越漂亮越好，而是越真实越好。我们不是创作者，而是复原者。"

颜予的话言犹在耳，我仔细检查壁画的每一处角落，希望从中发现蛛丝马迹。

天色渐渐暗了下来，看护洞窟的老人走进来，对我说："姑娘，天黑了，你回去吧。"

我把目光从壁画上收回，望向门口的老人："这里现在晚上要锁门了吗？以前都不锁的。"

"是啊，你男朋友出事以后，警察让晚上锁门，夜里不让人来。快出来吧姑娘，太晚了，不安全。"老人慢慢吐出这些字，对我招招手。

我于是走了出来。

暮色四合，大漠孤烟，弥漫着淡淡的苍凉。

老人缓缓地给洞窟落锁，锁头却一直对不进锁孔，可能人老了，动作都似这般不灵便。

"我帮您吧。"我不由分说地上前，帮老人扣紧了锁。

老人蹙着的眉头松了开来，冲我笑笑："好孩子。"便回了他的小屋。

我佯装回旅店，半小时后又兜了回来。

扣锁时，我故意把锁头偏了一厘，老人眼神不济，并未察觉。

其实，我本可以明早光明正大地来，可我等不及。

我怕晚一刻钟，颜予就多一分危险。

我打开手电，橘黄色灯光闪闪烁烁，于是又轻轻拍拍电筒，灯光终于稳定下来。

光线落在北壁的人鱼身上。

直觉告诉我，这幅画是最可疑的一幅。

画面与我梦中一模一样。我一边仔细回忆那场梦，一边把光束聚焦在人鱼胸口。梦中，这里被箭刺穿，为何壁画此处无箭？

我一点点靠近墙壁，几乎要贴着壁画。

突然，身后传来一阵拍打声，几乎同一时间，手电光灭了！

我的心突然一紧，立即转身，背靠墙壁。从前在国外，上女子防身术的课程，老师说，最危险的是把背部暴露给敌人。我定了定神，幸好手电光线重新恢复，也许是接触不良。

洞窟里，没有第二个人。

我初中毕业时，参加过"魔鬼游戏"，是国外最高级别的野外生存营。这次千里迢迢寻找颜予，担心遭遇意外，我配了相似的装备。原本担心备用灯管的光线过亮,把看守老人吸引过来,但现在也顾不得许多了。

我从背包里掏出几个备用灯管,放在地上,又拿出电瓶,正负极一接,整个洞窟顿时明亮如白昼,壁画上的情景好似活了过来。

有了光,人就不会怕。

我重新看向人鱼,忽然发现,人鱼胸口有轻微空鼓。

空鼓是壁画病害的一种,表现为画面凸起,其下有积尘。修复时,需将鼓凸部位加固,清理积尘,填充,最后做旧。这是最初级的修复师都能完成的工作,颜为何视而不见?

只有一个可能:壁画之下不是积尘,而是刻意留下的空鼓。

我拿出修复铲,准备将此处壁画铲除,一探究竟。

山海笔记

忽然,门外隐约响起脚步声。

定是看护老人寻着光过来了。我思忖着,赶忙熄灭灯管。

老人腿脚不便,走来需要一段时间。听声音距离还远,幸运的话,我还来得及绕去洞窟后一避。我拖着背包,慌慌张张冲出门,向左转去,竟差点撞上一人!

我急急止步,生怕撞了来人,一时趔趄,差点闪倒在地。对方伸出手杖,拦了我一下,我这才站稳,打量起对方。

月色稀薄,只能隐约看到一个人影,手持拐杖,立在我对面。

"你是江寻吗?"一个沙哑而苍老的声音幽幽飘来。听声音,不是山海窟的看护老人。

难道这里另有他人?

为何从未听人提起?

颜予的失踪是否与他有关?

我的大脑飞速运转,浮现出重重疑团。

他似乎看穿了我的心思,"你想知道颜予去哪儿了吗?"

我脱口而出:"颜予失踪与你有关,对吗?"

他递给我一个厚厚的本子,说:"你沿着这笔记上的道路走一遍,就能知道他去了哪里。"

我低头看这本笔记,光线委实黯淡,什么也看不清。我仰头望天,只见一团浓云飘来,月亮被遮得严严实实。

俯仰之间,一恍惚,那人竟消失了。

我抚着这本沉甸甸的笔记,隐约觉得颜予失踪似乎没有那么简单。

真相还有多远?

回到旅馆,我翻开笔记,借着昏黄的灯光仔细察看其中字句。

没错,是颜予的笔迹。

笔记的前半部分，约占三分之二篇幅，是一卷完整的《山海经》地图，还原了《山海经》里记载的山河湖海，在旁批注了与如今地理位置的对照和出入。后半部分是颜予的手迹，多是行至何处和关于壁画、岩画、墓画的考察和见闻。字迹潦草，很难辨认，大约是行程途中随手记下的所见所感。

我想起方才遇见的神秘人所言，"沿着笔记上的道路走一遍，就能知道他去了哪里。"我将信将疑，翻至颜予手迹第一页。

灯光太暗，我又打开手电筒，细细辨认其上字句。

一行模糊的小字映入眼帘：

2016年9月，广西左江。

第二天拂晓，天蒙蒙亮，我起身收拾行李。

辗转反侧，彻夜未眠。我决定听从神秘人的建议，沿着颜予的足迹，走一趟。

我当然明白，前路风云难测，生死未卜，对一个22岁的女生而言太过凶险。我也明白，或许颜予已死，我做的一切皆是徒劳。

可是，若不做最后的努力，我心难安。

你是否也曾像我一样，绝望而热烈地爱过一个人？

明知水深火热，却情愿赴汤蹈火。

明知求而未果,却始终义无反顾。

无论是缘是劫。

左江岩画

山海窟一带没有机场,我需先乘火车抵达敦煌市区,再飞往广西。从乌鲁木齐开往敦煌的火车5点14分经停柳园站,我可以搭乘这班。

天刚泛白,小旅馆的老板娘还在酣睡,我不忍打扰,把房间钥匙放在桌上,便轻手轻脚地出门了。

刚踏出旅馆,手机响了。

收到一条短信,发件人:未知。

从旅馆出门,向北走800米,有一辆车牌号为甘FW918S的雪佛兰,乘车可到达你想去的地方。

我想起昨晚的神秘人,大约又是他。

假如颜予的失踪与他有关,那么他为什么要帮我?

此人究竟是正是邪?

正当我思忖之际,又一条短信不由分说塞进手机。

不要犹豫，时间就是生命。

我虽心下存疑，脚步却已走向那辆雪弗兰。

时间不容浪费。

一位戴墨镜的男子等候在车旁。他并不与我说话，待我系好安全带，便驱车向北，开了十余里。

"师傅，我要往南去，方向错了吧？"我紧紧捂住背包，右手悄悄滑向书包暗格里的瑞士军刀。

墨镜男仍不作声，继续行驶六七分钟后，停了车。

眼前是一架亚当A500私人飞机。

我松了口气，额上早已布满密密麻麻的汗珠。

"下车吧。"墨镜男冷冷地说。

登上飞机，驾驶员是一个小麦色皮肤的男生，高大帅气，身材健美，酷酷的，像《我的少女时代》里的徐太宇。

"你好，请问去左江吗？"我问。

"徐太宇"斜睨了我一眼，嘴角露出一丝狷狂的不屑。"美女，这是私人飞机，不是北京公交。"

我被他逗笑了，连日来的紧张、焦虑也随之褪去几分。

"据我所知，亚当A500最大航程不超过2000公里，广西距此

3000公里,恐怕到不了吧?"之前父亲打算买小飞机,我稍加留意过此类信息,此时更是莫名地想呛呛这个盛气凌人的"徐太宇"。

"谁说要一口气开过去啦?我不会中途休息啊!"他瞥了我一眼,"没看出来,你还有点文化。"

"我问你,谁派你送我的?"我正色道。

"无可奉告。"

"你知道我要去做什么吗?"

"我管你呢?"

"你们是不是合伙策划了一起失踪案?"

"对啊,"他一脸痞痞的表情,"下一个失踪的就是你。"

我眉头一紧。

"徐太宇"哈哈笑了起来:"害怕了吧,小姑娘,"他一扬头,"我像凶手吗?"

"不像。"我顿了顿,"你这样的,也就给凶手开个飞机而已。"

"我去你大爷啊!""徐太宇"飙了句脏话,我咯咯地笑了起来。

他突然问我:"你妈知道你一个人跑出来吗?"

想起家中爸妈,我心里有些许歉疚,声音低了下去,嗫嚅着说:"不知道……"

"所以对她而言,你也是失踪了。"他正经起来,神色严肃而坚定,"我们只能看到自己时空里的人事物。除此之外,一切未知。"

我沉默了。

他在暗示我什么?

不得而知。

10点55分,飞机抵达广西左江。

左江烟波浩渺,两岸群峰竞秀,蔗海蕉林,鹤鸟飞翔。

江岸岩壁上,布满壮族人祖先——骆越人涂绘的岩画。其中,以花山岩画为代表,是迄今发现的单体最大、内容最丰、保存最好的一处岩画,相传是2000多年前,战国先民从事巫术、祭祀活动时留下的遗迹。

花山岩画宽约170米,高约95米,共有111组画面,图像1900余个,以规模宏大、场面壮观而居左江岩画之冠,堪称世界岩画史上的珍品。崖壁呈蘑菇状,下小而上大,远看犹如地面长出的一双大手,伸向江面。也正因如此,雨水不易落到崖壁,岩画才得以保存完好,历经千年风吹雨打仍鲜艳可见。2016年,花山岩画"申遗"成功,成为中国第一个入选世界文化遗产的岩画类项目。

颜予曾在课上讲,岩画遥远而神秘,被称为"史前文明人类共同的母语"。而花山岩画,则藏着更多"未解之谜"——山崖是负倾角,向河面倾斜,先民如何能够在上作画?若是攀爬,整块崖壁毫无裂隙和石缝，极难攀爬；若从山顶吊下绳子，人应当呈90度垂直下落，无法靠近负倾角的崖壁；另外，依据水文科考，左江的水根本不可能涨到岩画的这个高度，显然不会是人在船上作画。排除以上几种假设，唯一的可能是搭设天梯，且不论2000多年前是否有此工艺，纵有，天梯也无落脚点，难不成搭于江面？

学者众说纷纭，各持己见，使花山岩画显得更加扑朔迷离。

我乘了一艘船，游于左江之上，欣赏江岸的岩画。

一抹抹赭红色的蛙形人像，令人过目难忘。那些"蛙形人"双手上举、两脚下蹲，细数来，竟有1800多个，蔚为壮观。在他们周围，还有铜鼓、太阳、龙等形象。每幅岩画似乎并非孤立，而是像连环画般，讲述了一个远古的故事……

江风习习，江水悠悠，不觉间天色已晚，轻舟已过万重山。

月华初上，渔火点点，忆及《春江花月夜》，此时与我，若合一契。

江畔何人初见月，江月何年初照人。
人生代代无穷已，江月年年只相似。
……
此时相望不相闻，愿逐月华流照君。

第二章

> 从极之渊深三百仞,维冰夷恒都焉,冰夷人面,乘两龙。一曰忠极之渊。
>
> ——《山海经·海内北经》

春秋战国时期,漓水畔

河祭盛况

午时,日光正盛,河面波光粼粼。

河畔高筑巍峨的祭坛,祭坛上摆七方小供桌,桌上盛着娇艳的鲜花,银杯7盏,浮雕凤凰、夔龙,另有法螺、香炉、烛火、熏灯并立桌上。

年轻俊美的祭司头戴面具,手持铜鼓,登上祭坛,口中念念有词,或喃喃低语,或放声高歌。黑帽金刚、各护法神、人饰鬼怪骷髅鱼贯排列,绕祭坛一周。编钟齐鸣,护法双手高举,两脚下蹲,跳神鬼舞,谓之"跳神"。河两岸,站立着诸侯派来的监事官兵。

突然,钟息鼓止,全场肃静,一位黑纱遮面的巫师,脚步婀娜,走向祭坛。众祭司、护法及观瞻百姓纷纷叩首,伏身地上。

巫师舞刀祝曰:"敬献糕饵,以祈康年。"

祭司跪击神版,诸护法亦击神版,其声鸣鸣然。众人将猪、羊、马、牛及一条白色的狗作祭牲,用血涂祭,连同稻米做的米糕、河粿投于河内,以饲祭河。

尔后,祭香燃起,螺号吹响,祭司向祭坛四周泼洒圣水及鲜花瓣。巫师左手轻摇铜铃,右手执数根点燃的线香,徐徐于头顶划转作礼。然后起身,分别向东西南北四面作礼。放下线香,又执焚着檀香的银香壶,重复上述仪式。随后,香壶又代以七层宝塔状的油灯、火炬,最末是孔雀尾羽团扇、白色牛尾拂尘。

礼毕,巫师高歌,歌声缥缈,声调时高时烁,抑扬顿挫。此曲只应天上有,竟不似人间乐音。

巫歌毕,众人一叩,起。

巫师南向,祭司高呼"进牲",护法高举一乘步辇,抬至河边。步辇之上坐立一位妙龄少女,素衣,云鬓,双目遮掩白纱。祭司跪,众人皆跪。

巫师走下神坛,上前揭少女面纱,复以黄酒泼洒少女全身,投入河中。

此时,河伯现身,乘一辆马车,款款遨游天际。

车身镶金,绫罗飘扬,白马神骏,四马并驾,一时竟将整个苍穹堵挡得严严实实。

驾车的是两名豆蔻少女。一个身穿蜜合色棉袄,葱黄裙,清丽淡雅。另一个着小靴,翡翠裙,罩一件大红斗篷,明艳动人。她们不时回头,同车里的河伯说笑,笑声清脆如银铃。

马车停于天际,河伯走下马车,一袭火红裘衣极尽华丽。眉目如画,媚眼如丝,面容邪魅,肤若凝脂。举手投足间,阴柔,妩媚,一如女子。在他身旁,还立着七位绝世美女,环肥燕瘦,顾盼生姿。

河伯对众生微微颔首,抬起右臂。

巫师呼曰:"神已领牲。"

众人起身。

河伯左拥右抱着倾城佳丽,扬长而去。

尔后,祭司点火焚烧步辇及祭祀香器,缕缕青烟悠然远逝。烟雾缭绕间,四围响起呼喊及口哨声,以驱一年之邪,祈来年之福。

火熄,香散,鼓消,声止,众人离场。

这便是楚国的河祭。

一祭,便是六百年。

与往年不同,今年水患频仍,祭礼更盛,单是跳神鬼舞的护法,便有足足1800位。

步辇之上,将被投祭的女子,是我。

女奴前史

我是神玥,楚国女奴。

世代奴籍,一如耻辱的烙印,镌刻在族人心头。

改变奴族命运,是我自幼的夙愿。

七岁那年,外婆去世。

临终,她赠我一柄桃木扇,"玥儿,你会是这个家族最伟大的女人。当你遇见一个在山顶闪闪发光的男人,跟他走,就能改变奴族的命运。"

楚国最南端,奴族世世代代生于斯,长于斯。上苍不曾眷顾这片土地,这里没有平坦的良田万顷,没有宜人的四季分明,只有庞然巨硕的蚊虫鼠蚁,和永远没有尽头的长夏。粮食稀缺,我们捕蛇为食,靠山吃山,靠水吃水,人称"蛮夷之地"。

此地临南海,河常泛滥。楚人迷信,每年清明进献一名少女,祭祀河神,祈求平安无水患。自然,这名女子出身奴籍,每年寒食由楚君钦定,翌日举行典礼。

我十六岁那年,君王下旨,今年祭河的女子,年龄需在十二至十八岁间,生辰是夏历八月十五,子时。

全族合乎旨意的,仅我一人。

从接旨的那一刻起,妈妈的眼泪就不曾停止。

这是一个人吃人的年代,天下大乱,遍地狼烟,生灵涂炭,命如草芥。

生而为奴,性命、尊严、明天皆不属于自己,任人践踏。

我遵旨意,斋戒,沐浴,更衣,翌日午时乘步辇离家。

临行,我转身拜别族人。

人群里,一个高大魁梧、眉目俊朗、满身阳刚之气的男子,深深地望了我一眼,目光灼灼。

他是渠梁。

渠梁是男奴，但非奴族出身，幼时因战乱，流离失所，辗转被贩至楚国，入了奴籍。渠梁长我四岁，与我一同长大。他屡屡救我性命，我视他同兄长。

五岁时，我误入一片密林，草木塞窣，竟钻出一条细长的青蛇！我被吓得魂飞魄散，幸而渠梁在水边挑水，听到我大声疾呼，飞速赶来救我。他生了一团火，驱走青蛇，然后把腿已经吓软的我背回家。

某年深秋，我被不知名的蚊虫叮咬，后背、手臂、小腿猩红一片。郎中说，百里外的南禺山上，有一处洞穴，春天有山泉流入，夏秋流出，冬则闭塞不通。水畔有一株奇树，状如构树，却是红色纹理，枝干能分泌汁液，形似漆，味如酒，十分甘甜。我的病，需赶在入冬之前，用洞中流出之水，与红色纹理的树汁相兑，配以蜂蜜、枸杞、蜜饯，每晚服下，半月方可治愈。渠梁不辞辛苦，跋山涉水，把山泉和树汁带回。

那天傍晚，他站在我床头，衣衫被树枝钩挂得残破褴褛，脸上、臂上尽是深深浅浅的划痕，我流下泪来。

他只是冲我笑笑，说："我这不是回来了吗，傻丫头。"

在我心里，渠梁像一棵可以任我依靠的榕树，永远顽强，永远沉默。

当得知我被选作"祭品"时，渠梁说："我带你走。"面色坚定，语气铿锵，不容置疑。

"这次我不能听你的了，渠梁哥哥。"我望着他的眼睛，"奴族卑微，倘若我走了，我的父母姐妹和族人都将面临灭顶之灾。"

渠梁不语，垂下头去。

良久，他说："如果可以，我情愿死的人是我……你明白吗？"

"我明白。我没有哥哥，从小到大都是你在保护我。可是这次，我真的不能跟你走。我不能为了自己苟且偷生，让整个家族为我殉葬。"我神情激昂，"你还记得我外婆吗？她说我会是改变奴族命运的人。"我晃一晃渠梁的手臂，像小时候那样："渠梁哥哥，你说，我能击败河伯，改变整个奴族的命运吗？"

渠梁叹了口气，温柔地说："玥儿，我相信你可以。你七岁习武，自是与其他娇弱女孩不同。只是那河伯威力无边，我们怎可能是他的对手？"

"不试一试，怎么知道敌不过？"我自小倔强，这次攻击河伯，是知不可为而为之。可是，除了坐以待毙，只有奋起反抗，没有第三条路。我只能背水一战。

"待我入水后，我会假死，然后趁其不备，用桃木扇暗藏的毒针攻击河伯。"

渠梁急切地问："你有机会接近河伯吗？会不会没等接近河

伯，就因在水中太久，窒息而亡？桃木扇的毒针遇水还能使用吗？"

我说："我在水中试过桃木扇，可以正常开启，毒针弹出，可毒死水中蟾蜍。"我顿了顿，"古书上有记载，河伯为使少女身子鲜活，会游至她身边，给她吞一粒丹药，使她不至于溺亡，随后带入河底水晶宫，模样俊俏的留作侍寝姬妾，姿色平庸的就当个粗使丫鬟。"我坚定地说："只要我活着，总归是有机会刺杀河伯，还奴族女儿一个太平人间的。"

"我会拼尽性命保全你的。"说完，渠梁便走了。

奇异女巫

蒙在双眼的白纱，被一双纤纤素手轻轻揭开。

日光耀眼。

"你长得真美。"耳旁响起一个俏皮而轻盈的声音，是巫师。

她黑纱遮面，但因离我很近，我依然看得出她的模样。她看起来不过十五六岁，眉宇间稚气未脱，灵气逼人。这般年纪，竟手握旁人生杀大权，楚国上下，唯有位高权重的巫族可以做到。

"你这么年轻，死了真可惜。"她惋惜地撇了撇嘴，"我要是能救你就好了。"

我满心疑惑。

世人道，巫族生来冷漠，不动声色，杀人如麻，没有凡人的七情六欲。可这个女巫似乎与众不同。

"你会水吗？"她问我。

我点点头。

"那等我把你抛进河里，你就潜到下游逃跑，怎么样？"她眨眨眼，没等我开口，她又说："不行，河伯那里怎么交差呢？"她眼睛滴溜溜地转了转，"那我就不往你身上泼黄酒了。听说河伯眼神不大好，需要靠嗅觉辨别女子入河的位置，随后将其带入明亮的水晶宫，才能辨认她的容颜。我不在你身上涂黄酒，他就很难追踪到你，这样你就能迅速游到下游跑掉了。"她心满意足地笑了，"我可以说我拿错了酒坛。反正我是第一次做主事巫师，要不是大哥突生急病，我才不会过来顶替他。"

原来是替人主事的小女巫，难怪出言吐语并不像一个合格的巫师。

我问，"那河伯辨认女子容颜，只是为了挑拣漂亮的留下来做夫人吗？"

女巫皱了皱眉，欲言又止，吐出一句："天机不可泄露。"

岸边的人看到女巫振振有词，以为她在念咒，谁能想到，她是在出谋划策,帮我逃跑呢?

"好啦,你快躺下,我要装作给你泼洒黄酒了。"女巫指了指步辇,"别怕,你一定能活命的。谁让你这么好命,遇见了我呢!"她冲我笑笑,笑靥似日光倾城。

我躺下来,无意间望向山巅,竟看到那里站着一个白衣少年,胸口似乎闪闪发光。

那一霎,我想起外婆的遗言:"跟一个在山顶闪闪发光的人走,就能改变族人命运。"

我猛地坐起来,远眺过去,那人影竟消失了。

"哎呀,你干吗呀!快躺下,快躺下!我说了要救你的呀,但不是现在!你现在跑了,我肯定也没命啦!"我一起身,急坏了女巫,她指手画脚地跳来跳去,我赶忙又躺下。

"这才对嘛!"女巫长舒一口气,往我身上洒了些水珠,一字一顿说:"我往你身上洒的是水。但你一定要记住,一入水就赶紧跑。虽说河伯眼神不好,但他知道今日祭祀,一定会在河底等待,就算没有黄酒的气味,他也未必找不到你。"

说完,她拍拍我的肩膀,"我要推你下去了,真希望你活下去。我叫菖菖,咱们有缘再见。"

我看着她水灵灵的眼眸,说:"谢谢你。若有来日,涌泉相报。"

坠落，坠落。

我像一枚失了所有依凭的落叶，坠向无边荒野。

脑海里闪过妈妈、渠梁、莒莒说的话。

他们都想让我活下去。

可我想让更多的奴族女子活下去。

为此，不惜一死。

我捂紧藏在胸口的桃木扇。

河伯，今朝是我的忌日，亦是你的死期。

神玥被救

一道白光倏尔划破水面。

一个白衣人踏水而来。

惊碎一摊浮萍。

我坠至半空，被人截住，拦腰抱起，力气使不出分毫。

那人轻功极好，抱着我，似光影般掠过水面，遁入对岸密林。

鼎沸的喧哗，惊惶的人群，悉数抛诸身后。

行至森林深处，他停下脚步，放我下来。

我仔细端详那人,一介白衣书生,似是我坠下祭坛前望见的那位立于山巅之人。

"你是谁,为什么要救我?"我冷冷地问。

"你既知道是我救了你,不道谢便罢了,总不该是这副冷口冷面。"他模样斯文,言谈却并不温润和善,眉目尽是锋芒。

"谢你什么,谢你乱了我的计划?"我不甘示弱。

"计划?"他不屑地斜睨我一眼,"莫不是打乱你向河伯投怀送抱的计划吧。"

"无聊。"我对他的无礼有些恼了,径自走向河岸。

快要走出密林时,我停了脚步,担心对岸的人看见我这个逃跑的"祭品",远远地,躲在一株参天大树后,隔岸观火。

只见万里晴空倏然阴沉起来,河水一直上涨,几乎要漫上河堤。

岸上众人惊惶后撤,突然,一声惊雷震破苍穹。

河伯发怒了。

平日的风流美男子河伯,忽而化身为龙,掀起千尺高的浪头,冲出水面。

一条巨龙直窜云霄,周身火红的鳞片闪耀天际。

暴怒的河伯不由分说,张着大口,向岸边吐出惊涛骇浪,百姓纷纷落荒而逃。可是人的双脚哪有河伯的水势来得快,许多老人、孩子、女人都被大水吞噬,岸上哭天喊地,一片狼藉。

这时,人群中突然出现了一个高大威猛的男子,身手矫捷地跳上祭坛,对准河伯的头颅,张满了弓,狠狠地一箭射去。

是渠梁!

渠梁原是北方人,会骑马,善射箭,能百步穿杨。

他一箭正中发怒的河伯左眼。

河伯吃痛,迅速敛起张牙舞爪的鳞片,沉入水底。

云消雾散,天复晴。

岸边的官兵、百姓及一众祭司、护法,皆是一副丢盔卸甲的狼狈模样,纷纷为英勇的渠梁鼓起掌来。

他站在高高的祭坛上,向人群致意。

虽是奴隶,却有种君临天下的气度。

妖女出走

我打算泅渡过河,与族人团聚,却被人用力扯住了衣袖。

"你要去哪?"

我一回头,原来是那个无礼书生。

"与你何干?"我甩手挣脱了他,怒目而视。

"我怕你回去送死。"他面无表情,"那我就白救你了。"

"你以为你是在救我吗？你分明是在害我，害我们全族的人！若不是你突然闯来，我早已杀死河伯，哪会容他放水淹死那么多父老乡亲？"我质问他。

他傲慢地"哼"了一声，冷笑着说："就凭你，能杀死河伯？我告诉你，如果你现在回去，只会被族人生吞活剥。他们会认为，你这个祭河女子是不祥之人，平白无故招惹灾祸。要想活命，你最好跟我走。"他眼角眉间满是淡漠和疏离。

我淡然道："我不会跟你走的。我不知你是何居心来'救'我，但我出于礼貌，对你道一声谢。今后我的事，不希望再有不相干的人插手。"说罢，我转身走了。

他欲追，我说一句"留步"，他便没有跟来。

这人，好生莫名其妙。

我恍然想起外婆的话，跟一个在山顶闪闪发光的人走。

那人，会不会是他？

"玥儿？"我泅过河，岸上已人影稀疏。我拖着疲惫的身子，走到家门前，正要敲门，却被身后人唤住。

我回头一看，是渠梁。

"渠梁哥哥，今天多亏有你，要不然，不知会有多少人，在河伯的威力之下命丧黄泉。"我激动地说。

他拉着我，神色紧张。"这里不是说话的地方，跟我走。"

我一边被他牵着往前走，一边困惑地问他："怎么了？我要回家，回去看看妈妈。她要是知道我没事，肯定高兴坏了。"

"奴族的首领认为是你带来了灾祸，说你是妖女。他们正商量着把你找回来……"渠梁吞吞吐吐，"商量着把你找回来，就……"

"就怎样？"

"活活烧死。"

我心一惊。

"不可能！"我斩钉截铁，"他们一定是误会了，我去找首领讲清楚。"

渠梁眉头皱得很深，"怎么不可能？大家都看到了，你没有落水，而是中途被人救走。人们说，是你的同党救走了你，惹怒河伯，才会发大水。"他望着我的眼睛，"我只想问你，那人是谁？"

"不知道。"我摇摇头，"我根本不晓得他是出于什么目的来救我，也不知道他是什么人。他阻拦我回家，说我回来就会被生吞活剥。"

"看来今天绝不是一场简单的路见不平，拔刀相助，而是有人精心策划，才会对你的一切了如指掌。"渠梁叹了口气，"我说过，我一定会护你周全。"他望着我，眼眸像星辰。"原本按照你的计划，你会在河伯近身时放出毒针，但我觉得风险太大,所以就埋伏在河边,河伯一旦游至水面,我就放箭,一击毙命。"他叹了口气,"我原以为,河伯就是那个描眉画眼、风流成性的娘娘腔,没想到他的真身竟是一条巨龙。河伯不除,后患无穷。"

"大胆妖女,还不快束手就擒!"

身后有人大喝一声。

我和渠梁回头,见奴族首领带着一众平民,向我们包抄过来。很快我们便被团团围住。

渠梁说:"首领,她不是妖女。她是被一个不知底细的异族人劫走,才惹怒了河伯。"

首领看了看我,又看了看渠梁。"你不是今日射瞎河伯的那个小伙子吗?你姓甚名谁?"

渠梁恭敬答道:"我名渠梁。"

"渠梁,你是全族的英雄,怎么也来为这个妖女开脱?"首领眉毛一挑,瞪着渠梁。

"首领,我以项上人头担保,她不是妖女。我和玥儿从小一起长大,她非但不是妖女,而且还想借机刺杀河伯,舍生取义,让全族女儿不再被当作进献祭品。若说我是英雄,我不敢当,她才是真正的族人的英雄。"渠梁句句诚恳。

"一派胡言!她分明是勾结外邦,劫了祭场,枉顾族人性命，妄图一走了之。"

"若她要逃跑，大可昨夜逃跑，夜深人静岂不更易得手？何必等到祭祀的时辰呢？"渠梁急切地辩解道。

首领一时语塞，从头到脚打量着渠梁："莫不是你也被这妖女施了法术，迷失心智了吧！"他怒喝道，"给我拿下！"

几个五大三粗的男人围拢上来，七手八脚地把我两手剪在背后，扭着就要送往大牢。

渠梁无力阻拦，对首领说："若一定要绑了玥儿走，那就连我一起带走吧！我陪她死。"言语不胜悲凉。

他大约也对整个奴族失望了罢。

"好啊！那就成全你们！"首领恶狠狠地说。几个魁梧大汉将渠梁也绑了起来。

混乱中，渠梁对我说："玥儿，是我无能，保护不了你。"他望着我，"我一定要变成世上最强大的人，来保护我心爱的女人。"

我从他的眼眸里，第一次读出了某种深意。

那是我最后一次见他。

再相见，已物是人非。

重生，抑或死，皆是一念之间。

生与死，隔了一段相思，一段修行。

中间俯瞰阡陌人间，沧海桑田。

我被关进阴暗潮湿的监牢,老鼠、蟑螂出没不绝,视若无人。曾一心渴望保全族人、改变奴族命运,到头来却被族人所害,何苦!

果然,世上最可怕的,不是河伯,不是妖兽,是人心。

心底的失望一如沼泽,吞噬我所有生的渴念。

当牢头端来一餐好饭,对我说"吃完好上路"时,我竟感到些许解脱。

我坐在冰冷的地上,摆好碗筷,正要开动,忽然眼前寒光一闪,一股凛冽森然之气突然杀到,手起刀落,待我抬眼望去,牢头已身首异处。

两个男子迅速冲进我的牢房。昏暗中,我隐约认出,其中一个是河祭时救我的白衣书生。另一个是清瘦嶙峋、一袭青色长衫、手持一柄寒气逼人长剑的男子。想来是他杀了牢头,此人武功不可小觑。

"跟我走!"白衣书生道。

"你是谁?"我问。

"少废话,此地不宜久留。"书生面色冷峻,语势依旧咄咄逼人。

"你不说清楚你的身份,我是不会跟你走的。"我淡漠地说,"我也没有太多求生的欲望。救或不救我,随你。"从被选中祭祀河伯,到被视为"妖女"将要行刑,短短几日,风起云涌,变数万千。我一次又一次地从地府侥幸逃脱,已将生死看淡。

何况活着,也未必是幸事。

书生望着我,有些许诧异,但更多的仍是不屑。"你还真是不怕死啊!不过我现在还不能让你死。"

他总是这副模样,盛气凌人,居高临下,傲慢得毫无道理。

我定定地望着他,不出声,等他开口。

"你先跟我去一个安全的地方,之后我会告诉你我的一切。"他说。

于是,我跟着两人,逃至城郊。

濒死之际,一人救你性命,一个愿陪你共赴黄泉,你会跟谁走?

那时的我,年轻,倔强,而偏执,还不懂爱情。

我不由分说地选择了前者。多年以后,蓦然回首,才知选错了人。

救你的人,未必爱你。因为相救,本就可以源于各种缘故,或是行侠仗义,或是有所图谋,甚或只是日行一善,胜造浮屠。

但若甘愿陪你赴死,原因只有一个,那便是爱。

是深情倾付。

言羽前史

白衣书生名叫言羽，自幼上苍山，拜了师父句芒学艺。

句芒是捉妖师，收三个弟子，大弟子青烛（便是那位青色长衫的瘦削男子）、二弟子寒渊、三弟子言羽。青烛为人忠厚，继承师父的"寒光剑"。寒渊锋芒毕露，继承师父的"收魄灯"。二人武器一攻一守，恰与性情相反。

唯有言羽，师父从不传授他捉妖的技艺，只教他读书和轻功，给他一枚"护心镜"，让他关键时刻用以自保。

三人中，青烛武功最高，寒渊次之，言羽只善轻功。那日河祭，踏水而来的白衣人，似一团光影一闪而过，不是旁人，正是轻功绝世的言羽。

某日，青烛下山采买，师父正在闭关，寒渊蛊惑言羽，擅闯师门禁地"藏心阁"，并诱使他打开了一幅外观极美的《山海经》。孰料那画卷中竟藏了妖兽，被言羽误放出来，攻击言羽。师父闻声，强行出关赶来，与妖兽打斗，渐渐体力不支，被杀死。

言羽下山捉妖，为师父报仇，更为阻止从《山海经》中逃出的妖孽作乱人间。青烛担心路途艰险，言羽又没有武功，于是伴他一同下山。而寒渊，却不知所踪。

在城郊的荒野，青烛燃起一堆篝火，我们三人围坐火边取暖。从言羽的话中，我七拼八凑，大约得出了这些信息。

我问："那你捉妖与我何干，为何要一而再再而三地救我？"

"因为你笨啊！竟然会一而再再而三地陷入绝境。"言羽并不看我。

他的侧脸在跳动的篝火映衬下，显得格外英气逼人。

果然还是年轻。渠梁的眉眼间，就不似这般锐利，而是多了深沉和沧桑。

想起渠梁，也不知他情形如何。

这几天关在监牢，终日无所事事，倒是反复回味了他的那句话："我一定要变成世上最强大的人，来保护我心爱的女人。"只是当时场面混乱，我听得并不真切。他比我年长许多，自幼颠沛流离，心思很深，让我总是猜不透。

我转向言羽："你可以再帮我救一个人吗？"

他瞟了我一眼，"别想。"

我见他这副态度，气得立即起身，恨不得马上回城，自己去救渠梁。

青烛见我起身，也站了起来，但没有讲话。

言羽坐定不动，慢悠悠地吐出一句话："你的伙伴根本没有危险。他最大的危险，就是和你在一起。"

我停下脚步。

"所以啊，你回去，才是让他快点死。"言羽又补了一句。

我气冲冲地走到他身边，"你知道什么？我那天和他一起被关在牢里，我自己跑了，他怎么办？"

"他被关在牢里还不是因为你？"言羽冷笑，"他是你们全族的英雄。如果没有你，他说不定已经成为首领，青云直上，荣华富贵。而你是'妖女'，他是和你在一起才被下了狱。我要是你啊，就离他远一点，不要拖累别人。"

话虽然尖刻，却句句在理。

我迟疑了。

言羽说得对，或许我在渠梁身边，才是他最大的危险。

"哎，我问你，你身上是不是有一柄桃木扇？"言羽突然换了一副严肃的神色。

"你怎么知道？"我问。

"看在我屡屡救你脱险的份上，借我一用。"言羽没有直接回答。

"不是我不借给你，而是这桃木扇在旁人手上根本没有任何法力，不过是把普通的扇子罢了。"

"只有你能让它发挥法力？"言羽来了兴致。

"在我手里，它是剑，是刃，是暗器。"我心里略有一丝得意，"我本来就是打算用它攻击河伯的。"

言羽陷入沉思。

我恍然大悟:"原来你就是为了得到这把扇子才救我的,对不对?"

言羽一脸漠然,毫不讳言:"当然了,不然是因为你长得好看吗?"

青烛在旁忍俊不禁。

"少贫了。"我给他一个白眼,"难道这扇子还能收妖?"

"不错。我从《山海经》里放出的魑魅魍魉中,有一个最怕桃木。"

"是什么?"

"宗布神。"言羽道,"既然桃木扇只有你会用,那只能请你和我们一起上路了。"

"我?"我一脸茫然。

"对啊。反正你在这里也待不下去了,不如和我们一道降妖除魔,拯救苍生黎民。"说这句话时,言羽眼睛里有光。

仔细想来,故园已回不去了,族人又尽是人心险于山川。

我思量片刻,决定答应他,也当作报答言羽的救命之恩。

行走江湖,不过仗义二字。

只是有人值得,有人不值。

切莫真心错付。

河伯往事

"不过,临走之前我有一个请求。"我说。

"既然你这么仗义爽快,那我对你同样有求必应。"言羽潇洒地说。

"你能不能帮我杀掉河伯?"我眼神里有凶光。

"你眼睛都要瞪出来了。"言羽一脸嫌弃地看着我,"好,大丈夫一言既出,我定帮你除掉他。"

"那我们三人去河边伏击它。"我提议。

"真是朽木不可雕也。"言羽说,"明天出发,去楚国。"

虽说我们奴族历代所居的土地也归属楚国,却到底是蛮夷之地,只有奴隶和流放的犯人才生活于此。

真正的楚国,在江南。

江南巫府,我叩响了门。

管家探出头来:"你找谁?"

我说:"菖菖。"

言羽说,要杀死河伯,必须从菖菖入手。

"还记得我吗?"我对那个古灵精怪的丫头说。

"看着面熟,你容我想想……啊!你是那个祭河的!我还想救你，结果你被一个男人劫走了！"莒莒激动地说，"我一看形势不对，心想河伯肯定要怪罪，就脚底抹油溜了回来。嘻嘻……你还活着，太好了！"她眉飞色舞，五官似乎都在脸上跳起舞来。

巫族高贵，就算河伯怪罪下来，也不会危及他们。河伯发怒，水漫河堤，不过淹死几个奴隶而已，对楚国诸侯而言，根本无足轻重。

见我眉头紧蹙，莒莒热心地问道："是不是他们为难你啦？你跟我说，或者以后你来我府上，当我的贴身丫鬟好了。山高路远的，他们也拿你没办法！"我还未开口，她倒叽叽喳喳地说了许多。

"我来是想问问你，那河伯是何方神圣。"我说。

"哦河伯呀！你别看他现在是一副花花公子的模样，据说他以前可是一个痴情人……"

河伯本名冰夷。

一千年前，南海中央有一座小岛，岛上生活着许多村民。冰夷和妻子便是其中一户，捕鱼为生，知晓水文。

一日，冰夷出海，发觉海水有异样，像煮沸了的开水一样不停冒泡。他赶忙回到家中，通知妻子和村民赶紧乘着他们的小船，离开小岛，去往陆地。可是村民都不以为意，没有人相信冰夷。他们祖祖辈辈在此安居乐业，从未遇过水患。冰夷和妻子无能为力，只好自己走了。

结果，不到一个时辰，就起了海啸。不听劝的村民们着了慌，可是从小岛泅渡向大陆的船只原本就没有几条，都被海浪冲得不知所踪，只有冰夷那一条还能渡人。此时，冰夷和妻子已经上岸，回身看到巨浪滔天，不忍抛下村民，又返回小岛，渡人上岸。

村民们争先恐后，推推搡搡，最后一批村民上岸时，竟误把冰夷的妻子推入水中。一个浪头劈来，水性再好的人都绝无生还的可能。惊慌失措的村民看见了溺水挣扎的女人，却都只顾自己逃命，无人营救。当冰夷安顿好渡上岸的村民时，才知妻子已然葬身汪洋。

冰夷肝肠寸断，不久，因伤心过度，溘然长逝。

临终，他说，人心远比一切灾难更可怕。

冰夷因救人性命，历经轮回，来世做了一方河神。

前世的痴情男子，今生竟成了风流鬼，莺莺燕燕前呼后拥，美女如云相伴左右，还要求百姓每年进献一名年轻女子作为姬妾。

可是，没有人知道，河伯真正的心意，只是想在轮回的女子中找寻他前世的妻。

千年一叹。

他生莫做有情痴，人间无地著相思。

玄铁收妖

"你知道的还挺多呀,小丫头。"我笑着对菖菖说。

菖菖一脸得意:"那可不!我消息可灵通啦。古今千年、方圆百里,没有我菖菖打听不到的事。"

"那你觉得,对付河伯要用什么方法?"我问。

"他这么做并不是为了祸害百姓,其实他也是个可怜人。我觉得吧,他就是心结没解开。要是有一个人能让他知道,他根本等不来他的妻子了,我想他就不会再让活人祭祀了吧。"

我匆匆告辞,和等候在府外的言羽、青烛汇合,并告诉他们菖菖所言。

"姐姐,你还没告诉我你的名字呢!"菖菖的声音从身后传来。随后,我看到她追出来的身影。

"噢,我叫神玥。"我又指了指身旁的两位,"这是我的朋友言羽、青烛。"

"咦!是你!"菖菖望着言羽,惊叹一声,"是你从祭坛下劫走了神玥姐姐,对不对?"

言羽面带诧异,"你怎么能认出我?"

言羽轻功极佳,从水上急速奔往林间,连我都是在被他放下之后才看清他的五官。菖菖竟能从祭坛高台上,一眼望见他的模样并记住,实在令人惊愕。

"我是巫师欷,巫族要是没有两把刷子,怎么可能成为楚国上下最尊贵的家族,连诸侯都要敬我们三分呢。"莒莒一副不可一世的模样。

未几,莒莒又伏在我耳边说,"其实也没有什么啦,我们做巫师,从小就要接受训练,尤其训练观察力和记忆力。别说是一个奔跑的人,就算是飞过去的苍蝇,我也看得清它有几条腿!"

"真的假的?"我瞠目结舌。

"当然是真的了!有两个成语是怎么说的来着,对,明察秋毫,过目不忘。"

"哟,还会说成语啊!"言羽时刻不忘揶揄人。

"你为什么要救神玥姐姐啊?"莒莒一扬下巴,一双大眼睛看看我,又看看言羽,奸诈地笑起来:"你们两个不会是一对儿吧?"

我的脸顿时红了起来,恼道:"不是,我和他没有任何关系!"

言羽笑了笑,"对啊,我又没瞎。"

莒莒说她反正清闲得很,兴许在刺杀河伯时,还能助我们一臂之力,便随我们一同前往奴族。

有她在,一路欢声笑语,好不热闹。

"我有点不想杀河伯了。"言羽听完河伯的前世今生后说道。

"不行。他不死,会有更多奴族的女孩被活活祭祀。"我坚决地说,"他必须死。"

"我的意思是,可不可以将河伯封印起来,而不要杀死。"

"封印在《山海经》中吗?"我问。

"对。所谓妖,都是求而不得的人,修而未成的果。封印在《山海经》中,可以不至于让他们魂飞魄散。修行千年,或许还可遁入后世轮回。"言羽说道,面上有难得的善意。

"只要能阻止他不再向奴族索要女子,怎样都行。"我说。

我一向背负着改变奴族命运的心愿,可一想到族人的绝情,心就黯然下来。

走向奴族的脚步,越来越沉。

"你乔装打扮成男人模样,戴个斗笠,女扮男装再进城。"言羽吩咐我。

我也担心族人认出我来,于是换了男装,穿城而过,来到河边。

河水近来一直不太平。

动辄有小渔船被淹没,在岸上浣纱的女人也常被河水冲走。如今,已经没有小孩敢来河边玩耍了。

人们都说,是河伯在复仇。

"我们要怎样引河伯出水?听说自从被渠梁射瞎了眼睛,他就越来越少现身了。"我忧心忡忡。

"听城里人议论,好几个在河边浣纱的女子被河水冲走。"言羽嘀咕着,"那就说明,河伯还在寻妻,而且会对岸边的女人下手。"

"那我们就找来一个女人,假装在岸边浣纱,等河伯来捉她的时候,我们就一举拿下!"蓓蓓兴高采烈地说。

"你去。"言羽对蓓蓓说,"你是女的,年纪正好,成天到晚叽叽喳喳的,最能引起河伯的注意。"

"我不去!"蓓蓓吓得退后一步,"我不会水!一旦被卷进去就死翘翘了。我才刚过十五岁生辰,我不想死!"

言羽转向我,"那就你去吧,反正你不是有计划要杀河伯吗,正好还有机会实施一次,好好把握。"

我皱了皱眉,"可我现在是女扮男装,能吸引河伯吗?"

"他不是瞎了一只眼吗,估计看不清。我去给你找个红色纱巾,你就坐在岸边,守株待兔。"言羽安排道。

"姐,你千万要保全自己。计划失败了,咱们还可以下次再来。留得青山在,不怕没柴烧!"蓓蓓无比担忧地说。

我拍拍她的肩膀,"放心吧。"

我一身男人的打扮,外披一条红纱,坐在岸边,佯装捣衣。

一炷香的功夫，原本风平浪静的河面开始躁动起来。

先是像涨潮一般，河水渐渐漫了上来，尔后，河水打着漩，缓缓朝我所在的方向移动，像一个张开的血盆大口，要把我从头到脚吞噬掉。

耳畔，只有风声。

说时迟那时快，一条红鳞巨龙猛然蹿出水面，冲上云霄，接着直直地朝我俯冲下来，掀起的浪花劈头盖脸飞溅下来。我忙用两手遮挡闪避，只觉巨大的冲力竟将我向后震了两步。待我站定，抬眼望去，那条红龙已离我不足一尺的距离！

那时我才发现，原来人在离死亡最近的时刻，五官都像通了灵，无比敏锐。

我看到化身为龙的河伯，鳞片竖起，一只独眼好似喷火。

这么近的距离，他莫不是认出了我，知道我是那日河祭时戏耍他，致使他受了眼伤的女子，所以才怒火逼人？

我嗅到他身上有种奇异沁人的草香，听到他若有若无的低语，"不是她，不是她……"

"嗖、嗖、嗖"的声响划破耳际，几道寒光闪过，眨眼间巨龙的颈上、腹部、尾部分别插了几根刺一样的东西。

河伯霎时变回人形，一袭红衫，伏在河岸，离我不过五步远，捂着胸口，奄奄一息。

言羽从我身后走来，胸有成竹。

"河伯,不要再为祸人间了。"言羽对河伯说。

河伯气息微弱,既不答话,也不看他。

这时,菖菖和青烛走上前来,我悄悄地拉了一下菖菖的衣角,小声问:"为何渠梁的箭射不死河伯,这几根刺竟能致命?"

菖菖半掩着嘴,在我耳边压低声音说:"这不是普通的刺,是《山海经》化成的玄铁简,能收服这世上所有的妖兽。"

"那他怎么还在这里,没被收进《山海经》?"我好奇地问。

"因为只有当他心无挂念,了却所有尘缘,才会化为一缕魂魄,被收进书里。所有含怨未了的妖,只能被杀死,不能被封印。"

"也就是说,若要留他一命,必须让他主动接受封印?"我睁圆了眼睛,"那怎么可能!"我不自觉提高了声调。

言羽蹙着眉,回头瞪了我一眼。

我赶忙住口。

"有种你杀了我。"河伯艰难地吐出这几个字,鲜血顺着嘴角,滴答滴答地淌到地上。

言羽冷笑一声,"这世上,死亡是最懦弱、最简单的面对。我不会成全你的。"

河伯一点一点站了起来,抬眼望着言羽,一双狭长的狐眼,眼尾微微上扬。一只无神,是盲眼,另一只,注满敌意。

"我知道你向村民索要少女,是为了找到你轮回之后的亡妻。"言羽一字一顿地讲,神色凝重。

河伯不语,眉间闪过几分讶异。

"你以为可以等到你的爱人,但是河伯,别痴心妄想了!轮回自有天定,下一世,为人、为鬼、为畜生,岂是你可预知的?你等一千年、一万年,就能等到她吗?你以为你等到的,还是原来的她吗?"言羽高声质问道。

河伯的脸色变得惨白,不知是因失血,还是因这一席话。

"你以为自己很痴情、很伟大吗?你心里只有自己的妻子,自己的爱情,自己的忠贞,你想过那些奴族的女儿吗?她们有没有父母双亲,有没有兄弟姐妹,有没有青梅竹马?"他回身指着我说,"在你面前的这个女孩,就是要被祭祀给你的少女。如果她没有被我救下,现在已经丧生水底。她的妈妈平白无故死了一个女儿,她的姐姐没有了玩伴,她两小无猜的情郎也如你一般失去了最心爱的女孩!而这一切,都是因你而起!你有什么理由愤怒,有什么理由癫狂,有什么理由报复!"言羽的话掷地有声,振聋发聩。

河伯失神跌坐在地,眼里含着绝望与哀愁。

"我本可以杀死你,一了百了。但我作为男人,欣赏你,也理解你对爱妻的忠贞不渝。我不想杀你,我留你一缕魂魄,封印在《山海经》中。或许后世,还有机缘遁入轮回,在六道里遇见你的妻。"

"谢谢。"河伯眼角滴下一滴泪,用尽最后一丝气力,从怀中掏出一株青草,交到言羽手中。

"这是定水草吗?"言羽接过青草。奇异的草香四溢,像一场辽远的相思,像一声孤绝的叹息。

蓇蓇趴在我肩上,低声说,"他已经心无挂念,可以被封印了。"

言羽念道:"山海生万物,有灵则为妖,有情则为人。"

河伯化为一缕红色的掠影,进入玄铁简,玄铁简又重回言羽手中,成了《山海经》中的一卷。

展卷,上书一字:

痴。

此去经年,你是我生生不灭的残梦,轮回百世的因果。

为你,我化作世间一缕泡影,落英遍野,寒霜满蹊。

半生注定,半世流离。

余生,与我,哪一个是你割舍不下的眷念?

重新上路

降服河伯,奴族从此太平。

当初诬我是"妖女"的首领和族人也赔着小心,前来示好。想来这世上最易变的,不过人心罢了。

敌,或友,不过一念。

为了表达感谢与庆祝,首领摆下丰盛的酒筵,笙箫声动,族人载歌载舞。另派百余位能工巧匠,将祭河历史、言羽降妖之事,一一刻于沿岸的石壁上。

翌日,言羽、青烛启程,菖菖回家去了。临别,她劝我和她一起走:"你看他们一路降妖除魔,肯定是要吃尽苦头的,说不定小命都难保!你一个女孩子,干吗去受那份罪呢?不如跟我回去,跟我混,肯定衣食无忧,荣华富贵。"

我笑着摇摇头。我既答应助言羽降妖,自是不会食言。毕竟他是我、是整个奴族的恩人,而且还有外婆的遗言。报恩也好,神谕也罢,我应当跟他走。

与族人告别时,我没见到渠梁。

妈妈在一旁抹眼泪,父亲拍拍我的肩,说:"保护好自己,早点回来。"

我给父母深深地磕了三个头,"相信我,一定会改变整个家族的命运。"

我不知道，在树林深处，有一个人始终目送着我，渐行渐远，黯然神伤。

生命斑驳，如冬阳，如秋穗，如夏雨，如春葭。

我踏过层翠的枝丫，度这春秋年华。

在婆娑的红尘里，无关朝暮。

何人候我，在灯火阑珊处？

第三章

陵鱼（鲛人）人面，手足，鱼身，在海中。

——《山海经·海内北经》

春秋战国时期，青丘

追杀鲛人

北行不远，便来到一片幽邃茂密的雨林。

"《山海经》显示，宗布神就在这一带出没，不出意外的话，就在这片林子里。"言羽对我和青烛说。

我们小心翼翼地进入雨林，步步为营。没走几步，就隐约听到有窸窸窣窣的脚步声，我们赶忙隐蔽起来，躲在树后观望。

远处，一群披着黑色斗笠的人，约数百名，仿佛连缀成一张黑色的大网，罩住整个森林。他们行动敏捷，脚步慌张，正在往我们的反方向拼命奔跑，像在逃亡，不知在躲避什么。

突然，一个斗笠人哀号一声扑倒在地，背心插着一柄金色的巨型箭矢。斗笠人倒地后，竟瞬间化为血水。接着，陆续有人倒下，黑色的大网越来越稀疏，已经变成一个个黑点，跑得更快，也更绝望。

"我们不去救他们吗？"我问言羽。

他没作声。

我提高嗓门又问："你就这样见死不救？"

"嘘！你想死啊！"言羽没好气地说。"从这些黑衣人奔跑的速度来看，他们根本不是人类。而死后化为一摊血水，我想，他们应该是鲛人。"

"鲛人？鲛人不是人吗？"我疑惑地问。

"你从来不读书的吗?"言羽一脸嫌弃地看着我。

我垂下头,"我世代为奴,不必说读书了。整个奴族上下,连书都没见过几本。"

"怪不得这么蠢。"言羽翻了个白眼,"古书记载,鲛人又名陵鱼,俗称人鱼,在海里生活,也可化为人形上岸,大都美艳动人。肤白如玉,长发如缎,泪水会凝成珍珠。"

"你口水都要流出来了。"我不屑地讽刺他,"恕我眼拙,我还真没看出,这些斗笠人哪里美艳动人。"

"这么看来,或许是古书记载有误吧。鲛人不单会化为女子,也有男性。"言羽答道。

忽然,林间起了一阵狂风,飞沙走石,枝叶乱舞,我在尘土飞扬间眯起了眼。待我睁开眼,竟有一个披头散发的魁梧大汉,身高一丈,似从天而降般,站在我们五十步外。他围着兽皮披风,喘着粗气,手提一柄金灿灿的角弓,足有两人多高。斗笠人身上中的箭,便是从这张弓射出。他浑身散发着黑压压的气息,身后还跟着一条白底黑纹的老虎,目露凶光。

一声响亮的口哨划破天际。

奔跑的鲛人突然停下脚步,转过身来面向巨人。一个清瘦的鲛人,大概是鲛人头目,缓缓向巨人走来。我在旁看得目瞪口呆,不知这不自量力的鲛人,为何放弃逃跑,却来以卵击石。

他走到巨人面前,头顶刚刚到巨人膝盖处,本就瘦弱,在对方的衬托下，显得更加弱不禁风。他一打手势，所有鲛人齐齐跪下。

鲛人头目高声说："宗布神，求您高抬贵手，饶了我们吧！"

一众鲛人在身后，跟着齐声喊起来，"饶了我们吧！"

不知为何，看到眼前这一幕，我竟十分想笑。"想不到这'美艳动人'的鲛人一族，竟都是些软骨头，要么逃跑，要么讨饶。"我挖苦道。

言羽并不接茬，神情凝重，"原来这就是宗布神，我们要封的妖。"

我的脊背陡然一凉，想不到刚上路，遇见的第一只妖就如此庞大。在这个宗布神面前，我那点拳脚，简直连三脚猫的功夫都算不上。

只见那小头目一挥手，众鲛人都肃静下来。

他平静地对宗布神说："我们吃人，是因为住在青丘的人类长期虐杀我们的族人，挖去鲛人的双眼，去做夜明珠。我们只是为了自保，为了反抗，才去吃人。"他小小的身躯，站在硕大的宗布神面前，居然没有丝毫张皇与畏惧。"人类的罪孽比我们深重，他们才是罪魁祸首。"

只见一直跟在宗布神身后的老虎走上前去，嗅了嗅这个小头目，低吼了两声。

宗布神冷笑一声，"鲛人吃人，死有余辜。"这巨人说话的声音格外洪亮，震耳欲聋。

说罢,他举起角弓,砸死了瘦削的鲛人头目,又继续拉弓放箭,射杀其余鲛人。

鲛人群龙无首,瞬间乱了阵脚,四散逃窜。

"往村子里去!"慌乱中,有一个女人的声音指挥道。

走投无路的鲛人一路冲出森林,闯入人类的村庄。其后,宗布神带着老虎紧追不舍。我和言羽、青烛悄悄跟在他们后面,想摸清宗布神的底细,再伺机将其封印。

进村的鲛人分头逃跑,使用易容幻术,当即化作普通村民的模样,与人类别无二致。

宗布神追进村里,却辨不出是人是鲛,怒不可遏。

他大吼一声:"鲛人在哪!"喊声震天,地动山摇。

平日鸡犬相闻的村落,哪里出现过这样的巨人,村民惊恐不已,东奔西走,喊着"妖怪来了!妖怪来了!"

难辨人鲛的宗布神暴怒之下,猛地一跺脚,震塌了周遭的几间草屋。从头到脚的黑气散发开来。伴随着黑气,一群青面獠牙的恶鬼一只一只钻出土地。宗布神一声喝令,恶鬼便不由分说开始咬人,无论是人是鲛,全部咬死。宗布神并不亲自出手,只退后观战。

一时间,原本安宁的村落变成人间地狱。

初遇小寻

我再也耐不住性子,不忍看宗布神滥杀无辜,冲上前去,将桃木扇化为一柄剑,向恶鬼头顶狠狠劈去,中剑的恶鬼霎时化作一道黑烟消散。青烛也赶忙加入进来,用他的寒光剑斩杀恶鬼。

见我们出手相助,化作人形的鲛人也奋起反抗,同我们一道杀鬼。可那恶鬼却似乎怎么也杀不完,不停地从地下钻出。尽管这些鬼没什么战斗力,却会不停地消耗我们的体力。这样下去,我们势必会筋疲力尽,而宗布神不战而胜。

酣斗半个时辰,我渐渐体力不支,只能硬撑着自保。

有两只鬼大约看出了我的虚弱,一个在前分散我的注意力,另一个悄悄绕到我的身后,打算偷袭。我知其意图,却已身心俱疲,无力摆脱。眼神一恍惚,险些被身后的恶鬼咬到肩膀,身前这只亦飘到我眼前。

突然,一个身材曼妙的女子挡在我身前,手握一柄弯月刀,手起刀落,两只恶鬼双双魂飞魄散。

"跟我走。"听这声音,正是刚才让鲛人进村的女生。

她拉着我往东跑,一直跑到村子最东面,总算逃离了炼狱般的阵地。

我和她并肩坐在一棵树下。

许多人说我美,但这个女子的容貌比我更胜十倍。

我的美，是雨后初荷，温润、清爽、落落大方。而她的美，是令人窒息的惊艳，是妖冶的、风情的，甚至风尘的。那是一种极具攻击性的美，并不友善，却惊为天人。连我这个女子，都不免想多看几眼。不由得想起言羽所说，"肤白如玉，长发如缎，结泪成珠，美艳动人。"

"你是鲛人吗？"我问。

"嗯。"她点点头。

"宗布神为什么要把你们赶尽杀绝呢？我刚才隐约听到你们头领说，人类要挖你们的眼珠做夜明珠？"

"没错。不知你听说过没有，青丘一带的村民极爱夜明珠，用作照明、装饰和礼物。而这些夜明珠，皆由鲛人双目制成。"她凄然道。

"那你们不反抗吗？"我听得有些义愤。

"鲛人一族向来温顺，但人类实在太过残忍。他们挖去我们族人的眼睛做夜明珠，割下头发做渔网，还把他们杀死后烘烤出油脂来燃灯。我们迫不得已才吃掉进海捕鱼的渔民，以此警示人类，不要再虐杀我们。"

"就是因为你们杀了渔民，所以宗布神要杀你们吗？"

"传说后羿死后，其灵魂做了宗布神，统领天下万鬼。他力大无比，性情暴戾乖张，经常杀红了眼，不辨忠奸。"她叹了口气，"我并不想伤人。"

"谁又不是呢？"我也无奈地叹道，"山河破碎，身世浮沉。我们能做的，只是尽全力自保而已。我叫神玥，你呢？"

"我叫小寻。"

姬雀骗钱

不远处，有一个高门大户，忽然开了门。

一个体态微胖的男人从门里走出，一边揉着惺忪的睡眼，一边不耐烦地嘟囔："烦死了，烦死了！我倒要看看，哪有什么妖怪，打扰老子睡觉。"

紧接着，一个头发花白的老人跟着他走了出来。他眉心的川字挤满紧张和焦虑，却又小心翼翼地给这胖男人赔着笑脸，"姬道长，我们全村老小的性命全都指望您啦！早就听说您有降妖除魔的法力，您要是出手，捉了这妖怪肯定不在话下。"

胖男人"嘿嘿"笑了两声，余光瞄了一眼老人，眼神油腻而狡诈。

老人识趣地讲："好说好说！您放心，银两和贡品绝不会少的。"

胖男人笑逐颜开，伸出短粗短粗的三个手指。

"三倍三倍，是上月的三倍！"老人点头哈腰。

"你再不去,妖怪要把村民都吃光了,到时谁给你上供?"有一个白衣男子,从胖男人和老者身后走了出来,十分不屑地讲。

我定睛一看,不是别人,正是言羽。

"老村长,您让我等了将近一个时辰,难道等的就是他?"言羽问道。

"小伙子,你不知道,这位姬道长可神了,能让这光秃秃的土地上长出一棵参天大树,树上还结满了红通通的苹果,摘下来,咬一口,还脆生生的呢!"老村长眉飞色舞地细数姬道长的神武。

"不过是点江湖骗术而已。"言羽冷冷地说。

胖男人扭回头来,斜睨了一眼言羽,"这位小哥口气好大啊,那你自己去捉妖啊!何必来找我这个江湖骗子呢?"

言羽被顶了回来,一时语塞,说不出话来。不得不承认,我心里还有点暗暗的窃喜,真是一物降一物,言羽也有灰头土脸的时候。

我拉着小寻一起走上前,来到言羽身边。

我问他:"你去哪儿了?我和青烛大哥都快撑不住了。"

言羽没有答话,而是定定地望着我身边的小寻。

"我好像在哪里见过你。"言羽缓缓地说。

小寻也静静地望着他,脸颊微微泛着红晕。

我心里隐隐的,有一点不舒服。大约是方才疲于应战,还未缓过来吧。

"快去搭救村民吧!"我对他们二人说。

言羽回过神来,对我说,"那些小鬼是杀不完的,当务之急是让无辜百姓先行撤退。我来找村长,是想让他组织村民撤离,毕竟他是一村之长,大家都会听从他的安排。没想到村长说,村子最东面住着一个会法术的姬道长,执意要让姬道长出面捉妖。"言羽看了一眼那个胖男人,"他一拖再拖,就拖到了现在。不过我想你和青烛武功高强,应该能撑得住。"

"我差点就要被小鬼杀掉了啊!"我嗔怨道。"多亏这个女孩出手相救,我才免于一难。"我把小寻拉过来,"她是鲛人小寻。"

说话间,我们几人已走回阵地。

村民逃的逃,死的死,还剩一些拼死抵抗的鲛人和脸色苍白的青烛大哥,正在全力斩杀小鬼。宗布神见鲛人尽显疲态,也一点一点靠近阵地。我和小寻迅速加入战斗,保护青烛和鲛人们。

"喏,那个披头散发的,就是咱们要捉的妖怪。"言羽给肥胖的姬道长指了一指。

没想到这位神人道长,一看到宗布神,竟吓得大喊一声"妈妈呀",脚底抹油,掉头就跑。

老村长始料未及,在身后"姬道长、姬道长"地边叫边追。

刺杀言羽

"言羽,怎么办!"我一边继续杀鬼,一边冲言羽喊道。

"他叫言羽?"小寻突然住了手,问我。

"对,他叫言羽,我们是来降妖的,一路追踪宗布神到此地。"我说。

"原来你们不是这里的村民。"小寻念道,"言羽,言羽,言羽。"

我余光看到小寻,慢慢挨近言羽。

突然,她的弯月刀寒光一闪,直直刺入言羽腹中!

鲜血迅速从言羽腹部喷出,我杀掉身旁几只恶鬼,飞快地冲到言羽身边,用剑一挡,挡开了小寻正要落下的第二刀。

"你要干什么!"我怒喝小寻。

她深深地望了言羽一眼,转身走了。走了两步,她又回头看我,"就像你说的,山河破碎,身世浮沉,我们能做的,只是尽全力自保而已。"声音里,有万水千山的苍凉。

我顾不上追她,扶着倒地的言羽,看着他痛苦的神情,竟不禁流下泪来。"言羽,你一定不会有事的,我给你叫大夫。"

他用力地挤出一个惨兮兮的微笑,"这里哪有大夫啊,你蠢死了。"

"去我家吧!"刚才脚底抹油的那位姬道长,不知何时又出现在我们身后，可能是良心发现了吧。

"好！"我想搀着言羽起身，可言羽自己使不上力。我根本扶不动他，只能喊姬道长帮忙，"你来背他走吧！"

五大三粗的姬道长终于有了用武之地，轻轻松松把言羽放在自己背上，还不忘挖苦他一番："小子，爷不计前嫌，背你回家！"

老村长也及时赶到，"所有村民，跟我去村东头的桃木林！"

宗布神看到村民和鲛人打算撤退，更加愤怒，眼里有一道血光闪过。他迈开脚步追上来，只两步，就堵住了村民的去路。正在逃命的村民被宗布神截住，一个个心惊肉跳，尖叫声、哭喊声霎时连成一片。

而我终于能接近宗布神，看准时机，立即举起桃木扇，对准他打开机关，桃木扇里飞出十支桃木针。宗布神本以为胜券在握，一时大意，未料有人知道他的命门，被桃木针击中胸口，身上的黑气悉数散去，恶鬼也全部消失了。宗布神吃惊不已，逃之夭夭。

我和青烛赶到姬道长家，言羽虽然受伤，但幸好伤在腹部，不是要害，没有生命危险。

看到我们来了，言羽费力地半睁着眼睛，问道："宗布神呢？"

我轻声说:"被我用桃木扇赶跑了。你还好吗?"

"死不了。"言羽虚弱地讲,说完,又狐疑地望着我:"你跟那个小寻说了什么?为什么她要杀我?"

"我说你叫言羽,是降妖人。我还想问你呢,她为什么会杀你啊?你们先前有仇吗?"

言羽还未作声,身旁的姬道长倒是开了口:"还不是因为情债。"

我瞪了他一眼,"你还真把自己当神机妙算的道长了,捉妖的时候怂得只会喊娘。"

"喂,你这小妮子不识好歹!要不是我背这个小伙儿回家,你能腾出手来放箭,偷袭宗布神吗?说到底,你们还得谢谢我。"

"谢谢你延误时机,谢谢你溜之大吉。"我瞥他一眼。

"我不认识她。"言羽幽幽地说,说罢便闭上眼了。

那姬道长,名叫姬雀,本是魏国人,游手好闲了二十几年。一日,听说楚国悬赏捉妖人,便乔装打扮成道长模样,学了点江湖骗术,一路行骗过来。每到一处,就打着"收妖"的旗号,骗吃骗喝。如今来到青丘,已在此地住了半年有余。每月让村民上供,给他们看看风水,变变戏法,但若当真遇到妖怪,就束手无策了。

现在,全村的百姓都看穿了他的把戏,大家商量着要把他赶出村子。姬雀央求言羽,说自己的幻术能在收妖时帮得上忙,而且也算救过言羽一命请他在村民面前求求情。我们便让村民宽限几天,等封印宗布神后,再赶姬雀走不迟。

至此,姬雀也算加入我们降妖的队伍。

翌日,言羽的伤好了许多,我们继续谋划降服宗布神。

言羽说:"我原以为桃木扇能置宗布神于死地,没想到他如此厉害,居然跑掉了。"

"还有什么其他方法,能制伏宗布神吗?"我问。

"许是因为年代久远,你这把桃木扇的效力随着时间流逝而降低。我听过一个传说,若要让桃木扇重新焕发威力,需要找到一座名叫度朔的山,折天帝留下的桃木枝条,重新拼接几节新的扇骨。"言羽面露难色,"只是这传说根本无法考证,而且古书上也并未记载度朔山究竟在何处。"

"哈哈哈哈!"姬雀一声大笑。

"你怎么了?"我们大惑不解地望着喜上眉梢的"道长"。

"巧了!我去过那度朔山。"姬雀得意地说,"如果星夜兼程,来回大概需要三天的时间。"

"真的吗?那太好了,我去一趟便是。"我立即接话。

"不过,"姬雀顿了顿,"那山上有两位看管神桃木的神仙,一个叫神荼,一个叫郁垒。他们二人负责看守桃木,凡人很难接近。"

"那你去那儿干吗?"我问他。

"当然是想发一笔横财啦!你想那桃木是神树,多值钱!就算找到一根枝条,回来做把桃木剑,都不愁卖个黄金百两!只不过我去的时候,找了三天三夜,愣是没找着那棵桃树。可惜啊……"姬雀摇头叹道。

"那我今晚便启程去看看。"我说。

"我陪你去啊!"姬雀赶忙接话。

"你去干什么?关键时刻就会开溜的人。"我十分不屑。

"你还别不信,我的本事大着呢,你不让我去绝对会后悔。"

是夜,我和姬雀两个人便收拾包袱,上山了。

言羽已经受伤,宗布神随时可能卷土重来,青烛留在姬雀家中,照料言羽,保护村民。

坠下山谷

大荒之中,有座高山,其名度朔。山上有一株大桃木,树枝盘旋弯曲,广达千里。据传,在这大桃木密密麻麻的枝条东北,有一个鬼门,每年中元节,世间万鬼由此出入人间。门的两边,分别站着两个神人,一个是神荼,一个是郁垒,把守鬼门。若有恶害之鬼从鬼门逃出，会被他们用苇索捆起来，丢到山下喂虎，因此各路鬼怪都非常害怕神荼和郁垒。

后来，黄帝以此发明了一种驱鬼的方法：在各家各户的门板上画神荼、郁垒和老虎的画像，门边的墙上挂着苇索，门后的角落摆一柄桃木剑。鬼看到这些东西后，就不敢进门了。后世挂春联、贴门神的习俗，便由此而来。

姬雀身材肥胖，没走多远就气喘吁吁，于是只能停下来歇脚。三天的路程我们足足走了五个日夜，才来到度朔山脚下。

度朔山是一座荒山，没有山路，只有树木草石，陡峭处非得手脚并用才攀得上去。每走一步，都有许多石子随着脚步滚落，好不惊险。我扶着姬雀走走停停，在山里转了两个时辰，依然没有找到传说中枝节绵延千里的神桃树。

突然，姬雀一个趔趄，向后一倒，我赶忙伸手拉他，但他太重，几乎要把我一起拽向山崖。幸亏我眼疾手快，另一只手抓住了身旁的藤蔓，这只手死死拖住已悬在半空的姬雀。

"你撑住！一起用力往上！"我咬牙喊道。

就在此时，我听到了一声低低的吼叫，回头一看，在我身后不足十步远，有一头吊睛白额大虎！

"有老虎！"我喊。

"快松手！"姬雀在下面喊。

我一听，立即松开手里的藤蔓，在老虎将要扑上来的那一刹，和姬雀双双落下悬崖。

等我再次睁开眼时,已是暮色四合。

我和姬雀躺在一个露天的洞穴里,像是一个废弃已久的捕猎陷阱,洞口原本铺满厚厚的干草和树枝,倒是救了我和姬雀的命。

我拍醒姬雀,检查了身上的伤势,还好都只是些皮外伤,不妨碍继续寻找桃树。洞穴很深,四壁长满苔藓,很难爬出去,加上天色渐渐黑了下来,我们只得留在洞中过夜。

不得不说,带着姬雀这江湖骗子,的确是有点用处。比如说,他随身备着火石,每到夜晚,就敲击火石生火,既可取暖,又能驱赶野兽。这几夜都是这样过来的。他还装着驱虫散,涂抹到手臂、腿脚上,蛇蚊鼠蚁就不会近身。

火一点起来,洞中便明亮了许多。

我仔细察看了整个洞穴,除了西南角有一块巨石,其余并无异样。

"有啥发现没?"姬雀躺在地上,懒懒地问。

"没有,只有一个大石头。"我说。

"为啥会在捕猎的坑洞里放一块石头呢?"姬雀坐了起来。

"也许是从山上滚下来的吧。"

"我看看。"姬雀拍拍身上的土,走了过来。

"没可能是滚下来的。这石头足有半人高,百十斤,要是从山上滚下来,肯定会砸个大坑出来,可是这洞底平坦,哪有什么坑呢？"他眼睛转了转，"所以，肯定是有人故意把这石块放在这里的。"

我点点头。

"把一块巨石放在这个洞穴里，肯定是想掩盖什么。来，把它推开看看。"说着，姬雀已经开始使劲了。

我和姬雀两人费尽九牛二虎之力，终于推动了大约一寸，一股奇异的清香幽幽飘来。

"退后！是毒气！"姬雀一边喊我，一边掩住口鼻退后几步。我也赶忙学着他的样子后退。

我们憋着气，一动不动地注视着石头后面，隐约露出的那个小洞。

没过一会儿，姬雀憋不住了，喊着"啊！憋死我了"，长舒了一口气，做出一副听天由命的模样。我也放开了掩着口鼻的手。过了足有一盏茶的工夫，两人完好无损。

我笑他大惊小怪，他说我没头脑："神玥啊，不是我说，要不是跟我在一起，你早就死了不知道多少回了。"

我没理他，自顾自地抚着我的桃木扇："外婆去世前，曾让我打开封存的箱子，取出这把桃木扇。那时，它也带着一股奇异的清香，与这洞里的气味无异。只是后来年深月久，这扇子就没什么气味了。时隔多年，又闻到这清香，竟觉得很熟悉。"

"那就是桃木的味道了！"姬雀大喜，"这石头后面，一定就是我们要找的神桃木！"

我们又齐心协力，把石块推开了几寸，露出一个仅容一人匍匐通过的小洞。

"你这么胖，能过得去吗？"我看了看姬雀，担心地问。

姬雀一猫腰，"瞧好了！"

话音刚落，他就敏捷地爬过了小洞。

"没看出来，还是个柔软的胖子。"我笑着说。

神荼郁垒

我跟在姬雀身后，从小穴里钻出，外面竟别有洞天。

一片广袤的开阔地上，长满了我见所未见、闻所未闻的琪花瑶草，姹紫嫣红，娇艳欲滴。虽然已是深秋时节，这些花草却风姿不减，依然蓬勃。

在花间走了半里，便见一棵绵延千里的桃树，傲然于各类奇花异草之上，枝繁叶茂，桃花正盛。此时，月也升起来了，掩映于花间，格外温柔。

这便是神桃树了。

历尽艰险，终于得见此树。我和姬雀急急忙忙走上前去。刚走到树下，两尊天神从天而降。一个身着斑斓战甲，面容威严，英姿神武，手执金色战戟；另一个一袭黑色战袍，两手并无神兵利器，只探出一掌，轻抚着卧于他身侧的金眼白虎。想来应是神荼和郁垒。

"何人造次！"那执金色战戟的仙人怒喝。

我连忙行礼，"两位仙人，我叫神玥，是楚国人。能否向您借这神桃树的一根枝条，修复这柄桃木扇，用来降服宗布神。"我一边说，一边掏出桃木扇，呈给神荼、郁垒。

"胡说！你一介凡人，哪有什么降妖的本领，分明是想摘这桃木枝去换银两吧！凡人皆贪婪，我等在此数百年，见过太多心怀鬼胎之人。你不必多言，速速离开，我等且饶你一命。"穿黑色战袍的人说道。

"仙人误会了。我虽是凡人，但我有两位朋友，皆是降妖人，派我来此地借一枝桃树，回去封妖。"我诚恳地解释道。

"我怎知你是不是信口开河？你有何凭证？你所言的两位降妖人姓甚名谁？"金色战戟者说。

"他们一个叫言羽，一个叫青烛，本在苍山学艺，只因一不小心打开《山海经》，放出了宗布神……"我还没说完，姬雀在旁边着急地打断了我，"哎，他们只是两个无名小卒，神荼、郁垒两位大仙肯定不知道他们的名字。你记不记得言羽的师父叫什么来着？"

"言羽说过的，他们的师父叫……"我皱着眉头使劲想，可是话到嘴边又记不起来,只能干着急。

"哎呀,你呀你呀,记性怎么这么差呀!"姬雀埋怨我,又转身对两位仙人作揖,"两位仙人别见怪,我这个朋友天生脑子笨,一时半会儿想不起来了,能否容她思量片刻?"

黑色战袍小声嘀咕着,"苍山,莫不是……"金色战戟也似乎想起了什么,望着我:"的确,你若说得上这位师父的名字,我便信了你。"

可惜我绞尽脑汁,"句芒"这两个字始终没能浮现在我脑海里。我和姬雀两人无奈地离开了。

"你别急嘛,我们走不了'阳关道',也可以过'独木桥'。"姬雀看我十分沮丧,在旁安慰道。

"走什么'独木桥',现在我们要无功而返,回去钻'狗洞'了。"想到这一路跋涉千里,千难万险,竟然因为记性差,还要从头来过,我气恼不已。

"别忘了我是干吗的。"姬雀诡谲地一笑。

姬雀让我先假装离开,等到临近破晓,月落了,天还未亮,正是最黑暗的时辰,他又鬼鬼祟祟地回去了。

不消一炷香的功夫,姬雀神采奕奕地回来,手里拿着两根桃木枝,催促道,"快走快走,我们赶紧离开这里。"说罢,我们便行色匆匆地逃离了度朔山。

说来好笑,我们用来降妖的第一件兵器,竟是姬雀偷来的。而那两位天神，大约怎样也想不到，我们竟用如此手段，最终得到了桃木枝。又或是他们与句芒有旧，故意给我们行了个方便？

不得而知。

无论如何，我和姬雀总算是不辱使命，取到了神桃木。

寒渊出场

在我和姬雀回程的途中，穿过一片凌乱的灌木时，隐约听到人声。

"殿下，没想到这'收魂灯'竟对宗布神毫无用处，难不成是那宗布神法力太强？"

"的确。宗布神是后羿转世，威力自然过人。"

我和姬雀赶忙躬身藏在灌木丛中，继续听这两人讲话。我听得不大真切，他说的"收魂灯"为何竟有些耳熟呢？正思忖间，两人已从远处走近。

走在前面的，看样子是个仆从，提一盏灯笼。后面的人一身面料上乘的玄色长衫，腰间配一枚温润碧玉，想来应是生于富贵人家。方才听仆从唤一声"殿下"，大约是某诸侯之子。

"殿下，那小寻失手，宗布神又不肯与我们合作，这言羽怎么除呢？"

"啊！"我一听"言羽"二字，一时紧张，失口喊出声来，还好姬雀眼疾手快，一把捂住了我的嘴。

我和姬雀伏得更低了。

对方似乎听到我们这里有动静，于是不再言语，匆忙离去。

看来这公子倒是谨慎得很。

收宗布神

言羽知道宗布神定会杀回来，早在我们离开之前，便指挥村里幸存的村民用普通桃木做成篱笆，抵挡宗布神的进攻。青烛也帮助村民布下陷阱。

随后几日，不时有宗布神支使的恶鬼前来骚扰，有的落入陷阱，有的被青烛击退，并无大碍。言羽有护心镜守护，恶鬼亦无法靠近。

我和姬雀拿到桃木，一路风雨兼程往回赶。休憩时，便将短的桃木打磨成一柄扇骨，插到我的桃木扇中，桃木扇果然焕然一新。姬雀另将一枝长的桃木做成一把桃木剑，时时打磨，锋利无比。

两日后，我和姬雀回到村庄，直奔姬雀家中。

推开门，竟空无一人。

"他们去哪儿了呢？"我和姬雀面面相觑，又从家中出来，四处寻找言羽和青烛。

行到村南,终于听到些许响动,我和姬雀急忙上前。

眼前是一洼无边的水潭,水潭对岸是一片树林。我和姬雀小心翼翼地踩着水,打算蹚过去一探究竟。

走到一半,水渐渐深了起来,而且有一种莫名的吸力,让人不由得往水底坠去。

"不好!是沼泽!"姬雀大喊。

"这分明是水啊!哪有沼泽?"我疑惑地问。

"你有没有感觉到一点吸附力?"

"有。"

"这应该是刚刚形成的沼泽,咱们的运气还不算太坏。"姬雀平静地说。

"那怎么办?对岸还远,咱们会陷下去吗?"我焦躁地问。

姬雀没有回答,而是环顾四周,抓住浮出水面的水草。"学我的样子,抓住你身边可以抓的东西。"姬雀招呼道。

我看了看四周,有一条旁逸斜出的藤蔓从水中高高翘起,我赶忙抓住。用力过猛,身体反而陷得更深了,膝盖以下都没在水中。

"天哪,我在往下陷!"我大声喊道。

"别慌!沉住气!"姬雀说着,一点一点挪动到我身旁,抓住我的手。

我紧张的心情瞬间平复了一点。

"现在慢慢躺下。"姬雀吩咐。

"为什么?"

"沼泽看似是水,其实是水量很大的土。它很软,蛮力只会起反作用。越使劲挣脱,陷得越深。而你躺下以后,可以增加和沼泽的接触面,身体就会浮上来。"姬雀说。

我缓缓躺在沼泽上,小腿仍在沼泽里。姬雀一手扶着旁边的藤蔓,一手轻轻地抖动我陷在沼泽里的膝盖,一点一点将我的右腿拉出沼泽,把拉出来的腿放在水面,又继续拉另一条腿。

"现在趴下来,脸冲下,匍匐着往对岸走。"姬雀说。

我慢慢滑动,爬到对岸。

"多亏你了,姬雀。你救了我这么多次,要是没有你,我可能都活不到现在了。"我诚恳地说。

"说这些!"姬雀嘿嘿地笑着,看起来也没那么狡猾和烦人。

"你怎么知道这是沼泽?"我问。

"我们村里有好多水池,我们叫'坑子'。我打小就喜欢玩水,几乎是在坑子里长大的。要论水性,没几个人能比我好。"姬雀自豪地说。

"你还真是三句不离自夸。"我无奈地笑笑。

"我可不是自夸。别的不说,我水性是真的好,救过好几个村里落水的小孩,现在他们还管我叫恩公呢!"

"你啊！"我正说着，突然听到"嗖"的一声响。我和姬雀紧跑两步，恰好看到宗布神在远处放箭。

只见一柄巨大的黑箭飞了出去，直直飞向一个白衣人。

那白衣人正是言羽！

"铛"的一声响，寒光闪过，青烛举起寒光剑抵挡，挡开了宗布神的黑箭，人却也被远远震飞！

说时迟那时快，宗布神立即张满了弓，对准一个女子射去。

"嗖！"

千钧一发之际，言羽用他的绝世轻功飞快地冲上前去，生生地用胸口替那个女子挡了一箭，被震得后退十步有余，躺倒在地！

还好有护心镜，言羽才免于一死。

我和姬雀立即冲进战场，正要攻击宗布神，却看见那被言羽救下的女子，竟对着瘫倒在地的言羽举起了刀！

那人不是别人，正是鲛人小寻。

"言羽小心！"我大喊着他的名字，心里的恐惧排山倒海。

我真的怕。

怕他离开我。

我用尽全身力气扑向小寻，在她刺向言羽的那一刻，将她扑在地上。她手里还紧握着那把弯月刀，刀刃直直地对着我。

"你为什么要杀他？是他救了你！"我质问小寻。她美艳的双眸里，噙着某种平静的绝望。

她沉默不语。

"神玥……村里起火了……快去捉宗布神。"一旁的言羽喘着粗气，对我艰难地吐出这几个字。

我一回头，果然村里起了大火，姬雀也不见了。

趁我分神之际，小寻一跃而起，跃进水潭，逃遁而去。

我没有追她，赶忙来扶言羽。

"我没事，赶快去村里支援救人。"言羽在我的搀扶下，艰难地起身。

我又转身扶起倒地的青烛，三人拼尽全力，绕开沼泽，往村子里跑。

村落已是一片火海，生灵涂炭。

宗布神驱赶的恶鬼虽然冲破陷阱，却都被一个阵法困住，动弹不得。

"好玄妙的阵法！"言羽惊叹。

定睛一看，这阵法的操控者竟是许久未见的巫师菎菎。

在她身旁，是色令智昏、大献殷勤的姬雀。

我们忍俊不禁，奔向故人。

菎菎和姬雀用巫术和阵法困住小鬼，青烛正面进攻宗布神，我在宗布神身后张开桃木扇。修复后的桃木扇威力大增，里面的毒针似花瓣般飞了出去,迅速粘在宗布神身上。宗布神像被灼伤一样上蹿下跳。

青烛的寒光剑当面劈来,宗布神慌忙闪避,险险避过一剑。

紧接着,青烛又是一剑刺来,宗布神举起巨弓抵挡。我看准时机,将桃木剑刺进宗布神的身体。

霎时,他周身的黑气烟消云散,各路小鬼都没了踪影。

宗布神变得虚弱无比。

言羽趁此机会,放出玄铁筒,封印了宗布神。

宗布神即刻化为一团黑云,《山海经》又多一卷。

上书一字:

嗔。

逆界生嗔恨,

嗔起苦受时。

第四章

春秋战国时期,青城山

南海之外,赤水之西,流沙之东……有荣山,荣水出焉。黑水之南有玄蛇,食麈。有巫山者,西有黄鸟。帝药,八斋。黄鸟于巫山,司此玄蛇。

《山海经·大荒南经》

巫族被灭

"菖菖,你怎么会在这里?"我好奇地问。

多日不见,这丫头的眉间眼角已不似从前天真懵懂,倒是多了几分愁云。

"我无家可归了。"她叹了一声。

"为什么?"听闻此言,我们都大吃一惊。

"你们知道的,巫族在楚国位高权重,一向受人尊敬。也正是因为地位过高,早就受到其他诸侯的嫉恨。没想到他们为了打压巫族,竟跑去勾结齐国的公子,向大王上书,诬陷巫族谋逆。自古以来,君王对谋逆之罪从来都是宁可信其有,于是一纸诏书,巫族上下,几乎灭族。"说着,菖菖潸然泪下。

"楚国国君昏庸无度,这天下必不会是他的。"言羽深沉叹道。

"那你是怎么逃出来的呢?"我问菖菖。

"封印了河伯之后,我本打算回家去的,还想着带你一起回府,结果你没答应。"菖菖对我说,"结果回去的路上,我想起大哥说南海一带有座椰岛,岛上有大片椰林,非常美丽,我就跑去潇洒了一个月。结果回到家,才惊觉家破人亡。"哀伤密密麻麻地布满了这个年轻姑娘的脸颊。

她仿佛一夜之间,不由分说地被际遇撕扯着长大了。

"你怎么知道我们在这里?"言羽问。

"我想找那个齐国公子报仇。我夜观星象,发现他就在这附近,所以一路追踪过来,没想到遇见了你们。"

"原来是偶遇啊!那看来咱们还真是有缘千里来相会啊!"姬雀在一旁嬉皮笑脸地说。

"谁跟你有缘啊!你谁啊?"菖菖不屑道。

"在下姬雀,魏国人士,行走江湖多年,在此地行侠仗义,结识了这帮英雄好汉,意欲一同上路,降妖除魔。"姬雀作了个揖,正经八百地答道。

"谁说要跟你一起走了?"言羽望着姬雀,"我们只是让村民宽限几天,等封印了宗布神,再赶你走罢了。"

"呵,一看就知道不是什么好人。"菖菖在一旁嘀咕。

"你们不能过河拆桥啊!我救了言羽一命,在关键时刻帮忙收了宗布神,救了这么多村民,更别说这个笨神玥了。"姬雀看向我,"要是没有我,你早就命丧度朔山了吧?现在你们撵我走,不是忘恩负义是什么!"姬雀一张胖脸,生起气来特别逗。

"你看,明明是你想死皮赖脸跟人家走,还嘴硬不承认。"菖菖一针见血。

"不,我是想跟你走。你去哪儿,我就去哪儿。"姬雀一脸谄媚地望着菖菖。

"没羞没臊。"菖菖狠狠地瞪了姬雀一眼。

"蓳蓳,你说你要找的人在这附近?"言羽言归正传。

"没错。历朝历代,君王和嫡子各有各的星象,守护齐国公子的那颗星辰恰好指向此地。"

我想起从度朔山回来,我和姬雀曾在灌木丛里遇见一位被称为"殿下"的男子。

"姬雀,你记得吗,那个男人带了一个手提灯笼的仆从,还说要除掉言羽。"我对姬雀说。

"对,他还说到小寻。"姬雀收起了玩世不恭的模样。

"小寻?"言羽一听这两个字,陷入沉思。他脸上的神色有了一丝微妙的波澜。

"这个小寻身份不明,但从她三番五次刺杀言羽来看,她肯定是我们的敌人。"我说。

"或许她也有难言之隐。"良久,言羽幽幽地说。

"可是她要杀你。"我定定地望着他,"所有伤害你的人,都是我……我们的敌人。"

他看着我,突然笑了,"哪有人能伤害得了我?倒是你自己,多长点心,别再陷入险境了。"

言羽生来高傲,阴晴不定,我从来看不清他的心。

"你们慢慢互诉衷肠,我先去前面找点吃的。"姬雀嘿嘿一笑,自顾自地走了。

我的脸庞微微有点发烫,不好意思再看向言羽,只用余光打量他。

言羽低语,"提着灯笼的男人,难道是……"说罢,又摇摇头,不再出声。

前往蜀国

"那你以后有什么打算呢?"我边走边问蓉蓉。

"报仇!我一定要给我的家人报仇!"蓉蓉斩钉截铁。

"可你一个人太危险了,你甚至不知道那个齐国公子的底细。他长什么样,会不会武功,这些你全都不知道。"我担心地对蓉蓉说,"不如你先跟着我们一起走,去把四处作乱的妖怪封印了,再去找你的仇人报仇。我答应你,一定会帮你一起对付这个公子的。"

"神玥姐姐,你说的正是我担心的。我只是一个巫师,会点巫术和医术,可我从小贪玩,也不大精通,我这样去找齐国公子报仇,其实是白白送命。"蓉蓉言语间有隐隐的忧愁。

"是啊,你贸然前去,非但报不了仇,还搭上自己的性命,只能是亲者恨、仇者快。不如你先跟着我们,报仇的事从长计议,我们都会帮你的。咱俩也好做个伴,我们真的很需要你。"我真诚地对蓉蓉说。

言羽在旁应和："是啊，我们几个人没有懂医术的，假如生了病，染了疾，定会束手无策，只能坐以待毙。我也很希望你加入我们，一起为拯救天下苍生做点什么。"

"美蓥，跟我们一起走吧，我会保护你的。"这个姬雀怎么这么厚脸皮，根本无视蓥蓥的嫌弃，我心想。

终于，蓥蓥决定加入我们。

一行五人，前往蜀国青城山，封印第二只大妖——相柳。

刚踏入巴蜀大地，便遇见一众官员。

他们毕恭毕敬，说是蜀王派他们前来迎接。

观其穿着谈吐，应是蜀地官员无疑。

我们跟着他们进城，为首的官员对言羽说："大王近日来，为蛇妖之事苦恼不已，昨日偶得一封匿名信函，获悉足下有降妖除魔之法力，今日将入蜀国，便派我等赶来迎接。我等有失远迎，还望恕罪。"

"可否请大人详述，何谓蛇妖之事？"言羽问。

原来，蜀国以西的青城山一带，素有青蛇、玄蛇出没。青蛇无害，食草虫鼠蚁为生。玄蛇剧毒，触草木，草木尽死；啮人，无可愈。然而，把玄蛇晾干，做药饵，可治大风、挛踿、瘘疠，去除死肌，杀寄生虫。因此，青城山历来有捕蛇者，捕玄蛇贩卖。

可是近来，青城山有一条玄蛇成了精，化为人形，放火烧了青城山脚下的整座村庄，村民死伤无数，哀鸿遍野。

蜀国上下人心惶惶，蜀王颇为头疼，重金悬赏捕蛇者，并许诺捕获蛇妖者终生不缴赋税，不服徭役。百姓早已不堪赋役，纷纷前去捕蛇，却悉数命丧黄泉。

我向言羽悄悄叹道："多么可怕的蜀国，老百姓为了逃避缴税服役，竟冒着生命危险去捉蛇妖！"

言羽低声说："恐怕这帮道貌岸然的官员，比蛇妖更毒。"

蜀国宫殿富丽堂皇，雕栏玉砌，美轮美奂。

蜀王高坐于金碧辉煌的龙椅之上，两侧宫女、太监一字排开。

官员把我们带入宫殿，向蜀王请安复命后，便退下了。

蜀王饶有兴味地打量着我们，许久，缓缓道："众卿想必已经听说了蛇妖之事，可愿助寡人降妖？"

言羽泰然道，"降妖师降妖，是为天下苍生，并不为一国之君。"

蜀王听罢，面露不悦。

身旁的姬雀赶忙伏在地上，一脸谄媚："我等愿肝脑涂地，为陛下效忠！"

"快跪下！"姬雀小声唤我们。

我们虽不大情愿，但好歹蜀王是君，于是都伏下身去。

言羽兀自不动，我赶忙拉他一把，他一个趔趄，险些跌倒，愤怒地瞪着我。

蜀王见状，朗声大笑，说："朕今夜设宴，为众卿接风洗尘。昨日，楚王送来几位美若天仙的舞女，朕还没见过，今晚让尔等一饱眼福！"

晚宴杀机

晚宴盛丽非常。

灯火通明的大殿，云顶檀木作梁，水晶玉璧为灯。金足樽，琥珀酒，碧玉觞，翡翠盘，一字排开。食如画，酒如泉。琴音潺潺，钟声袅袅。

只见珍珠帘动，一行七个舞女步步生莲，踏入殿中。

歌舞升平，衣袖飘荡，鸣钟击磬，乐声悠扬。

舞女个个窈窕婀娜。为首的身着一袭冰蓝色衣裙，面纱轻掩，仅露一双杏眼，顾盼生姿，翩若惊鸿。其余六位不戴面纱，皆着水红色长裙。檀香缭绕，恍如仙境。

那面纱舞女的眼睛，游移飘忽，时不时打量言羽。

恍如重逢。

众人如痴如醉，早已沉迷于乐音和舞姿之间。不知不觉，那面纱舞女悄然靠近言羽，言羽亦未警觉。

我心下一惊！

此人是小寻！

我记得她的眼睛，眼眸里噙着平静的绝望。

我亦记得她的容颜，那令人窒息的、充满攻击性的妖艳。

来者不善。

"大王！"我立即起身，向蜀王请命："民女神玥请求向大王献舞，为宴会助兴。"

"哦？"蜀王微微一笑，"不知卿欲何舞？"

"舞扇。"

我取出桃木扇，和着乐声舞起来，借机挡在言羽身前，把小寻逼退。

一招一式，与其说是舞蹈，不如说是过招。

我的一反常态，让言羽等人很快看出个中玄机。青烛装作为言羽倒酒的样子，紧邻言羽坐下，保护好他。蓊蓊则死死盯住我和小寻，一旦我有任何闪失，必能上前帮忙。只有姬雀那个胖子，不知是装傻还是真傻，一人在旁，啖着美食美酒，大快朵颐。

正当此时，蜀王突然高声说："诸位且慢！这位遮着面纱的舞女叫什么名字？"

乐师和舞女都停下来，我也坐回原位，与言羽对视一眼，心照不宣。

"民女鲛儿。"小寻没有说真话。

"鲛儿，好，好！"蜀王拍着手，"舞技精湛，朕心甚悦。赏黄金百两、缯帛十匹，封蜀王妃！"

小寻大惊失色，回身欲逃，被殿内侍卫拦下。

正当小寻不知所措之际，言羽突然站起身，向蜀王行礼，"这位姑娘舞步如蛇，可助我等降服蛇妖。可否向陛下借此舞女一用，待捉拿蛇妖后，定将这位姑娘带回陛下身边。"

蜀王十分恼火："放肆！怎能将朕的王妃带去捉蛇妖？"

言羽不疾不徐，"陛下，若我没有猜错，这位姑娘跳的正是媚蛇舞。这种舞艺，始于上古时期，大荒之南。舞者与蛇共舞，久之，则可迷惑蛇心，使之听从号令，以此捕蛇制药。据传，幽王宠妃褒姒，极擅媚蛇舞，曾召千蛇入宫，逼迫申后放弃皇后之位，最终当上皇后。可见，媚蛇舞确实可以捕蛇。"

蜀王满脸狐疑。

"草民略通一些法术，陛下请看。"酒足饭饱的姬雀一边说，一边布下一个幻阵。

幻阵中，一位戴面纱的舞者，挎着柳篮，柳篮里躺着一条玄蛇。当她吹响木笛，扭动腰肢时，玄蛇也闻乐起舞。

那幻阵格外逼真，把蜀王吓得不轻，连声说："朕知道了，快停下，快停下！"

姬雀收了阵，得意地冲我们挑眉。

蜀王平复了惊惶之态,正色道:"为了蜀地百姓的平安,朕暂且将鲛儿交到众爱卿手中,随同尔等一同捉妖。但尔等务必保证鲛儿的安全,一旦蛇妖捉到,即刻送鲛儿回宫。"

想必那蜀王听说了媚蛇舞的厉害,必不会再立小寻为妃。可是,君无戏言,毕竟刚刚下旨封妃,只得托词一番。

离开宫殿,我对小寻说:"我们又救了你一次。现在,你可以走了。我不想与你为敌,也不相信你是坏人,但不管你听命于谁,别再打刺杀言羽的主意。如果你伤害他,我绝不会饶你。"

小寻默默地看着我,依然沉静,依然绝望。

她一言未发,转身欲走。

"等一下。"言羽唤道。

小寻停下脚步。

"你跟我们一起去青城山。蜀王下令,收妖后务必将你送回。"言羽说。

我扯了扯言羽衣袖,小声说:"蜀王明显是托词罢了。"

言羽并不理会,执意让小寻一起上路。

我们都非常诧异。

为何要把一个时刻对自己存在威胁的敌人带在身边?

是引狼入室,还是瓮中捉鳖?

没有人清楚言羽的意图。

我们只好倍加警惕，寸步不离地守在言羽左右，生怕小寻再起杀心。

小寻失踪

翌日清晨，小寻不见了。

一同失踪的，还有言羽的玄铁简。

"一定是小寻偷走了玄铁简。我们早知她居心叵测，为什么你还要把她带在身边？"我质问言羽。

言羽不动声色，"她会回来的。"

我愤懑不已，又不好发作，只是黑着脸，默不作声。

果然，正午时分，玄铁简飞回言羽身旁。

紧接着，小寻也追了回来。

"你拿玄铁简做什么？"言羽问。

"只是好奇而已，想看看。"小寻淡漠地说。

言羽不再追究，一副若无其事的样子，继续前行。

蓓蓓在我耳边小声说："玄铁简是有灵气的，它已经认准了言羽这个主人，别人就偷不走了。不过，"蓓蓓把我拉到一旁，"你是不是喜欢言羽？"

我吃了一惊,脸庞又一点点热了起来,赶忙低下头去。

"你跟我就别不好意思了,神玥姐姐。我们都能看出来,你挺喜欢言羽的。"蓉蓉语气诚恳,不像是玩笑嘲讽。

我也坦白地对蓉蓉讲:"其实我并不清楚什么是喜欢。最初,我记得外婆说,跟着他走,就可以改变族人的命运。一路走来,他虽然刻薄高傲,心地却是善良的。他经常悄悄地把自己的干粮和水放进我的包裹,却从不告诉我,不让我承情。但凡有危险的地方,他总是走在最前面。虽然他不会武功,却竭尽所能保护我们。我从来没有喜欢过一个人,也不知道自己对他是不是男女之间的喜欢。只知道他是一个很好的人,我很愿意和他一起走下去。"

蓉蓉点点头,若有所思,"可能你自己也不知道自己的心吧。那你觉得言羽和小寻之间有没有什么关系呢?"

我心里一紧,"不知道。小寻屡屡刺杀言羽,言羽为何要一而再,再而三地救她,还执意把她留在身边?"

"当局者迷,旁观者清。神玥姐姐,你应该也看出点什么了。我觉得你要是喜欢言羽,那就去争取啊!如果你再不出手,言羽怕是要被那个小寻抢走了。"蓉蓉歪着头对我说。

真是个心思透明的小丫头,喜欢就争取,坦坦荡荡,爱恨都清澈。

不像我,面对感情总是游移不定,患得患失。

抵达青城山后,在当地村民带领下,我们很快找到玄蛇的藏身之所。

此地名曰"九寨",漫山遍野的秋意铺张开来。林叶层层叠叠,明黄、柿红、朱红、古铜,斑斓绚丽,数树深红出浅黄。

流水清澈,透着一丝薄寒,唼喋鱼群、水底石子、石上绿藻一览无余。两岸山峦,山边流云,悉数倒影水中。苔光水影,净目喻心。

水色变幻多端,时而如祖母绿,时而如孔雀蓝,晴雨不同,四时各异,好似琉璃光盏。

九寨的山,苍翠、蓬勃、盎然。相比之下,旁的山峰竟都有些伧俗黯然。大约只有浸润了灵秀的水,才濡沐了朗润的山。

万壑无声含晚籁,千峰不语立江边。

玄蛇前传

九寨地广,我们走了足足三日,找到九寨最深处的森林瀑布。
玄蛇的洞穴就在瀑布后面,瀑布便是一道天然屏风。
在瀑布脚下,我们遇见一个读书的少年。
那少年一副文弱书生模样,见到我们便起身作揖。

"诸位来访此地,可是为了捉拿青城山的蛇妖?"少年谦谦有礼。

"敢问阁下为何在此?"言羽没有答话,而是谨慎地反问。

"在下一介书生,家住九寨以西。听闻蜀王悬赏志士捉拿蛇妖,一经捉住,非但免去赋税,还可赐官三品。因此前来一探究竟。"少年出言吐语文质彬彬。

我看他一副弱不禁风的模样,心想这样身板的人也敢来捉蛇妖,不禁莞尔。

言羽并不理会,问道:"你家在九寨以西,想必对此地非常了解吧?"

"那是自然了。在下生于斯,长于斯,对九寨的一草一木都非常熟悉。"

"那你能否为我们讲讲,关于那玄蛇的传说呢?"我上前问道。

摄魂书生

许多年前,青城山下的村子里,来了一个名叫玄柳的教书先生。先生想在村里建一所私塾,教幼童念书,并且不收银两。村长欣然应允,并让村民帮忙修建学堂。玄柳仪表堂堂,学识渊博,气质沉稳,很快博得了村民的信任。

村里许多女孩，对玄柳心生爱慕，提亲的媒婆踏破了玄柳的门槛。玄柳因此遭到村里男孩的嫉妒，明里暗里地，常有人给他使绊子。玄柳一笑了之，仍专心教书，从不介怀。只是有个欺辱过玄柳的小伙子，好端端摔下山崖，被救之后竟发了疯，到处对人说自己见了蛇妖。自此，村里便流传着"山里有蛇妖"的传说。

过了一段时间，村民们有些不大对劲了。不论大人小孩，经常会像失忆一般，不记得刚刚发生的事，甚至连亲朋好友之间也互相不认识了。大人只知下地干活，干完活就各自散去。孩子只知去学堂读书，放学之后也不玩闹，乖乖回家吃饭睡觉。他们目光呆滞，只会傻笑，像行走在村里的一具具行尸走肉。

有个云游至此的小和尚，看出这座"鬼村"的异样，便逗留了几日。直到遇见玄柳，见玄柳神态与村民大不相同，小和尚便悄悄跟着玄柳，来到他的学堂。小和尚发现，学堂里的孩子都呆头呆脑，任由先生呼唤。先生让做什么就做什么，让说什么就说什么。小和尚觉得此事必有蹊跷，打算报官，却被玄柳发现，堵在门口。

玄柳把小和尚逼到屋内，小和尚挣扎着，怒斥玄柳是个魔鬼，吸走了孩子的魂灵。玄柳大笑一声，推开屏风，只见屏风后出现了诡异的"幻象"——一张张虚化的村民和孩子的脸庞漂浮在那里，一如水中倒影。其中一个小孩的笑脸，冲小和尚漂过来，小和尚伸手去抓，却抓了个空。

皆是幻象。

小和尚质问玄柳的身份。玄柳说，他是相柳的分身，在此处为相柳寻找好吃、干净的灵魂。

小和尚想起上古神书《山海经》中记载，相柳，蛇身九头，食人无数，所到之处，尽成泽国。这玄柳，便是相柳九个头颅的其中之一，化为人形，吸食灵魂。

小和尚念起咒语，想封印玄柳，却因法力尚浅，被玄柳轻易制伏。玄柳吸走小和尚的灵魂，小和尚和所有村民一样，变成一具漫无目的的形骸。

初尝爱恋

玄柳吸光整个村子的灵魂，打算去别处。

突然，一个女孩闯入他的学堂，扑闪着水灵灵的眼睛，说她想跟玄柳学写字。女孩说，她是邻村人，父母认为"女子无才便是德"，不许她读书写字，她是偷偷跑出来的。玄柳本想临走之前，顺道再吸走女孩的灵魂，正要动手，女孩说："先生，你衣裳破了一个小洞。以后你教我写字，我帮你缝衣服吧。"

玄柳的心，瞬间像被一根绵密的针细细地刺了一下。

酸酸涩涩的，有点痛，也有点痒，氤成一片温柔。

玄柳没有吸食女孩的灵魂，反而留在村里，每日教女孩读书写字，朝夕相对。

一天，几个土匪流民路过此地，大肆劫掠村民的银两、布匹、粮食。村民们呆头呆脑，不知反抗，土匪大笑着说，"原来是个傻子村！"便愈加放肆起来。一个土匪看到女孩坐在学堂门口，起了色心，扑上来动手动脚。

女孩大声呼救，玄柳闻声，跑出来一拳把那个土匪打翻在地。土匪急急忙忙跑去喊同伙。玄柳碍于女孩在旁，不能施展妖术，只好以一当十，与土匪们展开肉搏。最终，玄柳把土匪们赶跑，自己的手臂也受了点轻伤。

女孩赶忙给玄柳包扎伤口。玄柳是妖，原本不需要包扎治疗，但不想让她看出破绽，便由她去了。女孩一边包扎，一边轻轻地落下泪来，玄柳的心突然颤了一下。

女孩说，她的父母把她许配给一个豪门公子，她明天就要回去成亲了。

女孩走后，玄柳的生活黯然失色。他忆起两人共同度过的点点滴滴，深感那是几生几世最快乐的一段时光。此时，他的主人——九头蛇身的相柳，派另一分身向他索要灵魂，去青城山进献。两人正在屏风后检查收集的灵魂，女孩意外地破门而入。

刚来的分身不由分说地要吸女孩的灵魂，玄柳急忙阻止，两人打斗在一起。双方势均力敌,都现出原形。女孩看到玄柳竟是一条大蛇,吓晕过去。

她醒来后,玄柳坦白了一切。

女孩央求玄柳,把灵魂还给村民,积德行善。玄柳犹豫良久,最终答允。

玄柳用法力将灵魂还给村民,自身功力大失,不能再化为人形。他告诉逃婚出来的女孩,他要进山修炼一段时间,待法力恢复,再来找她,带她离开。临走前,玄柳留给女孩一枚鳞片,告诉她,把这枚鳞片带在身边,无论多远,他都能感知她的悲欢喜乐。

离去三个月,玄柳感觉到女孩一直不快乐。

突然有一天,他感受不到女孩的心跳了。

他赶去女孩所在的村子找她,没想到,女孩竟已经死了。

原来,与玄柳分别后,女孩回到家中,拗不过父母亲朋,只得嫁入豪门,只一个月,竟被那豪门公子生生虐待至死!

玄柳悲痛欲绝。他怎么也想不到,自己没有吸食女孩的灵魂,女孩竟死在她的同类手里。

人类,竟比兽类更狠毒。

传说南海之外,赤水之西,流沙之东,黑水之南,有一座巫山,山上有棵复活树,结复活果,食之,可以死而复生。

玄柳来到巫山,遇到看守复活树的黄鸟。他好言恳求,无果，便与黄鸟大战三天三夜，最终败北，奄奄一息。

他绝望地回到女孩的村庄。那一天，原本晴朗的天空忽然乌云密布，暴雨无情地砸下来。村里的老人都说，自己一辈子都没见过这么大的雨。

是日深夜，一条巨蛇出现在村口，在狂风暴雨中，愤怒地冲向那户虐待女孩的人家，将府中48口人全部杀死。

尔后，暴雨骤停，玄柳吐出烈焰，焚烧了整座村庄。

书生现行

"看来这玄柳也是一个可怜人。"我轻叹道。

"是啊！我觉得他根本没有错，错的是那些黑了心的人，竟然狠心把一个女孩虐待至死！"蓙蓙不忿地说。

"可玄柳放火伤了那么多无辜村民，这便是他的罪孽。"小寻冷冷地说。

那瀑布前的白衣书生，神色凄怆，望向远方，像是忆起遥远的往事。

"那么，阁下又如何知晓这些？"言羽定睛看着书生问道。

"我就是玄柳。"书生闭上双眼，脸上写满惆怅。

"哎呀，你是蛇妖啊！"姬雀惊得大喊。

这文弱书生,竟是吸人灵魂、杀人放火的蛇妖吗?

我们不由地退了两步。

玄柳缓缓睁开眼,对言羽说:"杀害了那么多人,我自知罪孽深重。我现在只有一个渴望,就是复活那个女孩。如果可以换回她的生命,我宁可去死,堕入万劫不复。"

言羽说:"可是纵使她复活了又能如何?你难道不知人妖殊途吗?"

说到"人妖殊途",言羽皱紧了眉头。

"我从来不敢奢望与她相守。我只想她活着,最好忘了我。她好好的,就好了。"玄柳说道。

"难道当真如你所说,这世上有复活果的存在吗?"我问玄柳。

"其实,还有另一个方法,那就是恳求相柳帮忙。"玄柳说道,"相柳会使用复活术。但我曾经背叛过他,他不会轻易相信我了。"

"你想让我们帮你?"言羽问道。

"是的。我想让你们假装我的猎物,去骗取相柳的信任。"

"猎物?难道你要把我们灵魂也吸走吗?"莒莒大惑不解。

"那可不行。你现在说好是假装的,万一你到时候吸完我们的灵魂,不认账了,我们不都得白白送死?我姬雀可不吃这一套!"姬雀多年来行骗江湖,自是不会轻信旁人。

"我想，你们本来的目标应该是对付相柳，而不是我吧？"玄柳嘴角微微漾开笑容，像早已窥破了我们的意图。

"你怎么知道？"言羽神情严肃。

"我是相柳的分身，相柳知道的，我当然都知道。"书生诡谲地一笑。"当年，你打开《山海经》，放出妖兽，你的师父被妖兽咬死。你自知罪孽深重，不遗余力地下山降妖。你有没有想过，或许这一切，都是一个精心设计的圈套呢？"

"好，我答应你的要求。作为条件，你要把前因后果全部告诉我。"言羽声音低沉，"另外，我可以和你合作，但你必须放了他们。"言羽说罢，指了指我们几个。

书生朗声笑道，"我喜欢和果断的人打交道。我把一切告诉你，你把灵魂暂时交给我保管，这几位朋友在旁作证。"

寒渊野心

言羽生来傲慢，若说崇敬，这世上只有两人——一位是师父句芒，另一位是一起长大的二师兄——寒渊。

师父严厉，大师兄青烛素来不苟言笑，在深深的山谷间，除了草木、星空，只有寒渊能与言羽说说心里话。

言羽的身世一直是未解之谜，从他记事起，就长在苍山之巅、洱海之畔,那里四季如春,鲜花不败。

他曾问师父,父母姓甚名谁,师父不语。

言羽一天天长大,日益困惑。师父教两个师兄降妖的本领,却只让他读书,让他勤练轻功。

寒渊知晓这个小师弟的心思,对他说:"听说师父的'藏心阁'里,藏着一卷《山海经》,里面藏有你父亲的画像。"

于是言羽偷偷潜入师门禁地,打开《山海经》,不料竟放出妖兽,杀死了师父。

言羽不是冲动的人,之所以会忤逆师父的禁令,私自打开《山海经》,除了是因为太想破解自己的身世外,还有对寒渊师兄的无条件信任。

可是他最深信的人,却欺骗了他。

寒渊的真实身份是齐国公子,隐姓埋名地留在句芒身边,就是想偷偷习得降妖法术,之后号令四海妖兽,助他称霸天下。

寒渊为了填满自己对权力的欲望,不惜欺骗师父,利用师弟,不择手段。当他发现逃出的妖兽无法为己所用,反而被师弟言羽收回《山海经》中时,便对言羽起了杀心。

我与姬雀在草丛里看到提灯笼的"殿下"便是寒渊。他继承了句芒的"收魂灯",并以此威胁相柳,让相柳听命于他,否则就要收走相柳的魂魄。

相柳本就贪吃,与寒渊一拍即合,将自己的分身——玄柳派去青城山，吸食人的灵魂，使人变得呆傻，不知反抗。寒渊见此局面，心想：若是全天下人都变成这副模样，还愁不能天下归心吗？

没想到，玄柳遇见了善良的女孩，竟把灵魂归还给村民，打破了寒渊的全部计划。

寒渊又去找宗步神合作，软硬兼施。没想到宗步神法力太过强大，"收魂灯"对他根本无济于事。宗步神虽然有勇无谋，常常忠奸不分，但到底是后羿转世，心里多少还是有些正义感，不屑于这种蝇营狗苟的勾当。

正当寒渊一筹莫展之际，从度朔山回程的我和姬雀遇见了他。

而此时，循着星象指示，寻找齐国公子的蓍蓍也恰好来到此地。

寒渊不仅要利用妖兽壮大自己的势力，还在各国间游走，游说各国君臣，纵横捭阖。楚国的巫族位高权重，忠心耿耿，大有助楚王一统天下之势。寒渊忌惮巫族，害怕楚国在巫族的协助下，将来成为自己的劲敌，便勾结、收买楚国的奸臣宦官，将巫族几乎灭门。

"你也是寒渊派来的吧？"言羽冷冷地问小寻。

小寻抬起头，漠然地看了他一眼，"只求自保而已。"

"他也用'收魂灯'威胁你了吗？"我问。

"不只是我。"小寻神色凄然,"整个鲛人一族,都被寒渊所掌控和利用。"

"可是,寒渊如何能找到你们鲛人族呢?你们并不是相柳、宗步神等被我误放的妖兽。"言羽问。

"鲛人族与人类的战争亘古绵长。人类挖我们眼睛,做夜明珠,我们食人以报复。宗步神不问是非曲直,大肆屠杀鲛人。寒渊曾经救出我们的族母,却也因此要挟我们全族,听命于他。"小寻深吸一口气,"不过,我们能力有限,不像相柳一样,可以起到这么大的作用。"

"所以你的任务是来杀我吗?"言羽眉眼间含着淡淡的感伤。

"是的。"小寻看向他,"你一再救我性命,我却屡屡恩将仇报。人活于世,多得是无可奈何。"

那一刻,我想言羽的世界定是分崩离析。

自己崇敬和信赖的师兄一直在利用、陷害自己。让自己心动的姑娘却是师兄刺杀自己的工具。

"动手吧。"言羽闭上眼睛,对玄柳说,"别忘了你的承诺。"

你是否也曾如此,死心塌地地信任过一个人?

你的信任,是否也曾经历过天崩地裂地破碎?

我们其实都一样,不过是一座孤岛。

没有谁,值得此生信赖。

生来,无人可依。

群斗相柳

一阵狂风骤然席卷,温柔静谧的九寨霎时飞沙走石,乌云密布。

玄柳一口吞下言羽的魂魄,其余人等将信将疑。

正在此时,相柳竟不请自来。

"好啊!你果然是和他串通一气……"没等姬雀喊完,玄柳忽然施法,掌风扫过,众人悉数被推入瀑布后的山洞。一块巨石突然从天而降,紧紧堵住洞口。洞外,还飘荡着姬雀没有说完的半句话。

"主公,我错了。我不该为了一个女子,一时冲动,背叛您。"玄柳谦恭地说。

"众多分身之中,我最信任的一个就是你,可你却是最先背叛我的一个。"相柳的声音尖细,像女人一样。

"是我辜负了您的信任,我无颜面对您。"玄柳弓着身子,吐出言羽的魂魄,进献给相柳:"主公,您不是一直想要言羽的魂魄吗？小人为您捉到了。"

言羽的魂魄轻轻悬浮在空中。那是一颗晶莹剔透的魂魄，是世间少有的干净灵魂。

相柳大喜过望，仔细打量着这颗魂魄，"这就是传说中言羽的魂魄，果然是举世无双的一颗。"相柳垂涎欲滴，一脸贪相。一边说，一边便欲伸手将其抓来吃掉。

玄柳一把将魂魄揽回来，虔诚地拜倒在地："敢问主公，能否答应小人一个小小的请求？"

相柳扑了个空，十分不悦，"你是想和我谈条件吗？"

"小人不敢。"

"你背叛我在先，如今又要跟我讨价还价，我原本打算原谅你，但你别得寸进尺。"相柳语势威严。

"小人只想恳请主公帮我复活那个女孩。"玄柳并不放弃，执意请求。

相柳冷笑一声，"你别做梦了。你因为那个女孩背叛我，害得我损失了那么多到手的灵魂，现在你还回来让我救她，哪有这样便宜的好事？"

说着，相柳逼近，劈手欲夺言羽的魂魄。

玄柳看准机会，趁其不备，突然袭击相柳，想砍下他其余八个头颅中能使人复活的那个分身头颅。

相柳没有防备，被玄柳的法力击中，吃痛哀号一声，便又向玄柳扑了上来。

两个妖怪打斗在一起。很快玄柳便不敌,被相柳踩在脚底。

"哈哈哈哈!玄柳,你跟我斗,还太嫩了!"相柳得意地狂笑着。

这时,玄柳暗中施法,将山洞门口的巨石悄悄挪移,藏匿其中的姬雀等人早已听到了一切,纷纷前来相助。

众人趁机轮番攻击相柳,相柳大吃一惊,赶忙放开玄柳,前去应战。

玄柳站起身,立即将言羽的魂魄物归原主。

相柳虽法力无边,但寡不敌众,应接不暇,被逼现出真身。一条拥有八个头颅的巨蛇,愤怒地翻腾着。司复活术的那个分身,挑衅似的变出女孩的魂魄,问玄柳:"你不是一直在找她吗?"

众人吃惊,都住了手。

相柳逼近玄柳,几乎要挨着他的脸庞,咬牙切齿地说:"我要毁掉她,让她魂飞魄散,永世不得超生。"继而发出一阵令人毛骨悚然的狂笑,"这就是背叛我的代价!"

此时,灵巧的薏薏悄悄绕到相柳身后,趁其不备,突袭相柳。

相柳吃痛,仰天长啸,愤而转身攻击薏薏。

玄柳看准机会,使出全力,扑向手握女孩灵魂的那个分身。分身不备,失手松开了女孩的灵魂。

玄柳用仅存的全部法力，凝成一枚胎记，附到女孩的魂魄上，引她迅速进入轮回。

看到这一切的相柳怒不可遏，咆哮着，一口吞下已然法力全无的玄柳。一个活生生的生命就这样消失了，姬雀等人目瞪口呆。

临死前，玄柳冲着菖菖感激地微笑，是她成全了他保护女孩生生世世的渴念。

吞下玄柳后，相柳的第九个头颅逐渐长出。相柳受到重创，无心恋战，打算逃跑。

言羽等人急于封印相柳，并不给相柳溜走的机会。

姬雀使用幻术，菖菖使用巫术，两人布下一个幻阵。其余四人在旁，青烛的寒光剑，小寻的弯月刀，神玥的桃木扇，刀光剑影，瞬息万变。轻功绝世的言羽，趁相柳神志恍惚，意欲行刺。

不料，长出第九颗头颅的相柳，实力再次增加，在极强的幻阵和剑雨中，一声怒吼，竟冲破了幻阵，吐着信子，扑向迎面而来的言羽。

言羽不会武功，眼看就要被相柳生生吞下！

此时，离相柳最近的小寻，突然对着相柳扔出弯月刀。相柳慌忙闪避，一时分了神。言羽凭借自己的轻功，迅速来到小寻身边，护住她不被相柳进攻。

回过神来的相柳，冲向小寻和言羽。二人步步后退，竟跌下山崖！

蓥蓥阵法被破，险些魂飞魄散。姬雀也元气大伤，慌乱中拖着虚弱的蓥蓥，向安全的地方逃去。

青烛和我的武功最为高强，没有受重伤，仍拼死抵抗，以掩护姬雀、蓥蓥撤退。

所幸，相柳自己也受了伤，不再追击，落荒逃去。

六人就此失散，分成三组，各自前行。

欢喜冤家

"蓥蓥，你好点了吗？"在一个人迹罕至的山洞里，四围布满青苔，蓥蓥面色苍白，躺在铺满枯草的地上。姬雀在她身旁，温柔地问道。他一改往常嬉皮笑脸的态度，神情是从未有过的紧张。

蓥蓥吃力地睁开眼，望见姬雀胖胖的脸颊、焦急的神色时，第一次生出想要依靠的感觉，一时热泪上涌。

"是不是很痛呀？"姬雀心疼地问。

"神玥姐姐他们呢？"蓥蓥克制了一下自己激动的情绪，缓缓问道。

"我们和他们走散了，现在不知道大家各自在哪里。"姬雀说。

"我只记得我们的阵法被相柳冲开了，一股巨大力量几乎要把我的魂魄吸走。我感觉自己像一根被榨干的咸菜。"蓥蓥幽怨地说。

姬雀笑出声来,"都什么时候了,你还说笑。"说着站起身,"我给你找点水来。"

菡菡望着姬雀略微有些一瘸一拐的背影,泪再也抑制不住地滚落下来。

"他大约也受了很重的伤吧。"菡菡心想。她向来养尊处优,从小到大没吃过什么苦,如今这一路上,风餐露宿,姬雀对她最好。他那么狡猾无赖的一个人,对她却是真心。菡菡看上去大大咧咧,心里其实都记得。

休养了几天,菡菡恢复得差不多了,两人便重新上路。

他们都是追踪高手,(尤其是菡菡,具有超强的观察力和记忆力),很快便发现了相柳的踪迹。

二人自知武力有限,不敢正面对抗,只能默默留下记号,等其余同伴前来汇合,再作攻击。

姬雀看到菡菡已经无恙,又变回嘻嘻哈哈的模样。

"美菡,我决定攒点钱了。"姬雀眯着眼,作遐思状。

"就你还攒钱?别吹了。活了四十多年,有几两来路清白的钱?还不都靠坑蒙拐骗。"菡菡的白眼翻上了天。

"我对树叶发誓,从今以后好好做人,再也不骗钱了!"姬雀拍拍胸脯,像个小孩子。

一阵风吹来,树叶不由分说地飘落下来。菖菖哈哈笑着,"还对树叶发誓,树叶都赴死了!"

姬雀撇撇嘴,"你别不相信人,我肯定在这三五年内,挣够能盘下一栋瓦房的钱。"

"你盘瓦房干什么?"菖菖好奇地问。

"娶你啊!"姬雀一脸狡黠,"带你回老家成亲生娃,再开个酒楼!"

"我呸!"菖菖一边说,一边捶姬雀,"谁要跟你回老家!谁要跟你成亲!你这个人怎么不知羞!"

"哈哈哈!"

一对欢喜冤家,一路吵吵闹闹。

这些话,都是后来菖菖讲给我听的。

他们活像一对最平凡、最市井的小夫妻,满身烟火气。可也只有他们,在我们一行六人中,活得最简单,最洒脱,也最自得其乐。他们能短暂逃离这乱世的苦楚、杀戮和你死我活,哪怕是在苦海里浮沉,也能饮下一杯美酒,心满意足。而我们其他人,却各负苦难,负重前行。

爱情的模样有千万种,姬雀和菖菖爱得单纯而磊落,率真又清澈。

过尽千帆才知,这竟是世间最美的一种。

苦命鸳鸯

小寻和言羽的情况最为危急，我们眼看着他们跌落山崖。相柳逃跑后，我和青烛沿路寻找，未见他们的踪影。

所幸，崖壁中间有一处缓坡，铺满厚厚的落叶，小寻和言羽两人坠落上去只是短暂昏迷，并未伤及性命。

言羽醒来后，四处采摘草药，用草药为小寻和自己疗伤。

小寻在一旁，看着这个眉目冷峻的男人，犹豫应当杀了他，还是应该帮助他。这时，若她要杀言羽，言羽绝无还手之力，我们所有人都不在身边，没人可以阻拦她。

可她动摇了。

她曾屡次刺杀言羽，言羽却一直在救她。

言羽不像姬雀，喜欢和爱慕都写在脸上。他不多言，却一直暗中保护、帮助小寻。他知她苦衷，也懂她的挣扎。他像一座冰山，却融化了自己，去温暖她。

小寻下不去手。

"走吧，去找他们。"言羽说。

小寻心里藏着秘密和摇摆，不知怎样面对言羽，只默默跟着他走。

连年战乱，妖兽肆虐，两人沿路遇见许多流亡的难民。小寻想办法偷来无良富商的金银，分发给流民，却遭到几个流氓无赖的围攻。

小寻不知这些人有何企图,也不出手。

正待小寻犹豫间,言羽却大打出手,去教训那伙流氓。怎奈刚刚受了坠崖之伤,加上功夫原本就不济,很快便被流氓放倒。

小寻见言羽吃亏,当即冲上去,狠狠地收拾了那些无赖一顿。

"你没有武功,还逞什么能呢?"两人坐在树下休息时,小寻问。

言羽不说话。

"你有时候真的是太傲慢了,自视过高,根本不知道对方有多强大。"小寻又说。

"我只是看不得你受欺负而已。"言羽平静地说,波澜不惊。

可这句话,却惊起小寻心底的一滩鸥鹭。

"走慢点,好吗?"小寻声音很轻柔。

她盼着能与言羽并肩前行的时日久一点,再久一点。

却注定无望。

人妖殊途,而他们的使命都是除掉对方。

一路走来,两人相依为命,心里却尽是煎熬与挣扎。

明知是一场无疾而终的爱恋,却舍不得放开彼此的手。

就像那时的我,痴痴地爱慕言羽。我很清楚他心里只住着小寻一人，却难放下，难释然。

我们每个人都像一颗棋，进退任由宿命决定。
想逃离"情"字布下的陷阱，却陷入另一重困境。
没有决定输赢的勇气，亦无逃离苦海的幸运。

求助蜀王

我和青烛受伤最轻，与众人走散后，立即赶回蜀王的宫殿，向蜀王复命，请求蜀王派兵，与我们一同前去捉拿蛇妖，并去寻找言羽。蜀王派一队精锐士兵，保护我与青烛二人。我们一路四处搜寻相柳的信息，很快就发现了姬雀画的标记，一路追去。

不料此时，大批精兵入蜀，数量和战斗力是蜀国军队的十倍有余。他们大肆屠杀百姓，为绝后患，还强行征收奴隶和男丁入伍。

在血淋淋的交战中，我亲眼看到手无寸铁的奴隶和平民被精悍的士兵屠戮，屡屡忍不住要冲上前去，出手相救。

可是青烛拦住了我。"我们的任务是尽快追上相柳，降服妖兽，这些人与人之间、国与国之间的战事与我们无关。"

"我自打出生就是奴隶，和你不同，不忍心眼睁睁地看着他们受死。如果今天我不救他们,明天我的族人或许也会如此,惨死在别国军队手中。"我悲愤难抑。

青烛不再阻拦,我义无反顾地杀入战场,竭尽全力保护老幼妇孺。

原来,入蜀的是秦军。

乱世之中,诸侯争霸,秦国在几年内迅速崛起,已成为最强大的国家之一。

我们一路降妖,竟不知世事风起云涌。

正当我筋疲力尽之时,秦军停止进攻,原来是接到命令,撤离蜀国。由此,大量蜀地的平民和奴隶才得以幸存。

军令一下,不出一个时辰,四下再无一个秦国士兵。

"果然是骁勇善战的军队。若秦人不得天下,孰能继之?"青烛低语。他平时沉默寡言,我几乎没有听过他讲话。

"可惜秦军凶残,连平头百姓都杀。"我叹道。

"乱世之中,得天下者,哪个不是鲜血浸手、杀人如麻?成者为王,败者为寇,就是这个人世间的法则。"

望着遍地血迹,我突然发觉,其实我们每一个人,都只是浩渺历史长河中的沧海一粟,被巨大的洪流裹挟着往前走,身不由己。没有谁可以救赎谁,也没有人可以改变什么。我们只能努力地活着,因为活着已是一场幸运。

我与青烛继续向北。蜀王遭逢秦人一战,毕竟护国要紧,已将原本派来保护我们的精兵尽数召回。

重新上路时,只剩我与青烛二人。

越往北,妖气越重,沿途草木枯萎,河水变酸,许多村庄染了瘟疫。

我们不敢怠慢,加速前进。

在众人追寻相柳之际,寒渊正在利用他手中的"收魂灯",降服一些流散在民间的法力平平的小妖兽。

他用这些妖兽和自己手下的士兵,组成了一支"鬼军",和秦军交战。

秦军无妖兽助阵,虽兵士骁勇,未让寒渊占尽便宜,但也着实元气大伤。

见过那些"鬼军"的百姓都十分害怕,一传十,十传百,将"鬼军"演绎成"大眼、硕耳、身长丈许、手握空拳"的恐怖模样。蜀人迷信,把这些想象中的可怖人像用青铜筑出,又把它们焚毁、打碎,以为这样便可驱鬼辟邪。

不过,后来秦人一统天下,妖兽悉数被封印,这些丑陋的"鬼军"倒也再未出现过。

第五章

二〇一七年,成都

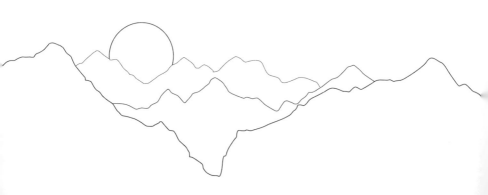

九寨追忆

共工之臣曰相柳氏，九首，以食于九山。相柳之所抵，厥为泽溪。……相柳者，九首人面，蛇身而青。

——《山海经·海外北经》

"各位游客大家好，请大家看我的左手边。这些兵器，据传就是战国时期，秦兵战斗时所使用的。而这些大眼凸起的三星堆青铜立人像，则隐藏了太多未知的谜题。为什么会有这样形象的人像？难道是外星来客？"导游故作神秘，吊足了游人的胃口。

"我们看，一号坑的立人像几乎全被烧毁，二号坑全被打碎。这又是何缘故？如果这些人曾经出现过，那他们后来去哪儿了呢？为什么史书从未记载这样一个民族？"导游继续神情夸张地说道。

听说，三星堆场馆里有关于《山海经》的壁画，我从广西飞来成都，又从成都乘坐大巴来到三星堆。

这里留下了无数器物，唯独没有留下人。

每个场馆后边的壁画，是现代人绘制的。一起绘制的还有几尊铜像的画像，可惜眼睛没有神韵，鼻子也不够英气，不够协调，看起来都塌了下去。颜予曾来过这里，他在手记上写道：

从三星堆遗址挖掘出的青铜立人像，与《山海经》中的妖兽大约是同宗同源。当地百姓应是见过《山海经》中的妖兽,而后筑了青铜立人像以辟邪。

无论是青铜神树,或是青铜鸟脚人像,以及三星堆出土的大量青铜蛇,都足以表明那时人们对蛇的敬畏。而这蛇,应当就是《山海经》中的玄蛇。

只是此地过度开发,商业化严重,已不允许壁画师擅自修复壁画。

天亮即离开。

——2016年暮春,德阳

在颜予的笔记里,详细地记载了玄蛇的故事。

我与颜予,皆是深情之人。这世间,深情的人到底是少数,所以格外惺惺相惜。当我看到玄蛇的故事时,心头不由为之一颤,大约颜予亦是如此。

因此,我来到九寨。

时已入冬,九寨山寒水瘦,却依旧明艳得不可方物。

我站在清清瘦瘦的海子旁,怀想玄蛇的爱情。

为你,生生世世。

从前日色慢,一生只够爱一人。

谁能为我化作一枚鳞片,只为来生守护我?

谁能许我那样绝望的、炽烈的、三生三世羁绊痴缠的爱恋?

"从青城山启程,去昆仑山,时间紧迫,生死攸关。"

手机震动,依然是未知号码,我又收到了神秘人的指引。

我不敢耽搁,赶忙去往双流机场,飞向青海。

昆仑寻踪

昆仑山,又称昆仑虚,是中国第一神山。西起帕米尔高原东部,横贯新疆、西藏间,伸延至青海境内,全长约2500千米,平均海拔6千米,西窄东宽,总面积达50多万平方千米。昆仑山在中华民族的文化史上具有"万山之祖"的显赫地位,古人称为中华"龙脉之祖"。

欲登昆仑,先至青海。

青海湖是中国最大的内陆湖、咸水湖,由祁连山脉的大通山、日月山与青海南山之间的断层陷落形成。

据传,一千多年前,唐蕃联姻,文成公主远嫁吐蕃王松赞干布。临行前,唐王赐给她能够照出家乡景象的日月宝镜。途中,公主思乡心切,便拿出日月宝镜,果然看见了久违的家乡长安,霎时泪如泉涌。可是,公主突然记起使命,怕思乡之情阻挠自己前行的脚步,便毅然将日月宝镜摔碎。谁知宝镜落地的一霎,闪出一道金光,变成如今的青海湖。

传说归传说,但千年以前,文成公主从长安跋涉而来,确是一腔孤勇。

我不禁想到自己,倾尽所有,只为寻一个人。

那是我第一次开始怀疑,这样做是否值得。放弃学业,远离亲朋,将生死置之度外。

我在远方,静默地、用力地爱着一个杳无音信的人。

倘若颜予死了呢?倘若我死了呢?

人活一世,是否只为爱情而生?

我是家里的独生女,从小在国外长大,与家人聚少离多,好不容易回了国,如果遭逢不幸,年近半百的父母该是何等悲痛!

为了我最爱的人,却刺痛最爱我的人,我突然于心不忍。

于是,我心里暗自决定,最多再花一个月的时间,若还是找不到他,我就回家。

有时,我们总以为长大是一个漫长的过程,纠缠着,撕扯着,用力地破茧成蝶。但其实,长大往往只是一瞬,让原本毫无意义的时间节点突然变成一座里程碑。

在人生的长河里,情爱的沧桑远胜过时间的经纬。

既然来到此地,便要将每一寸风景踏遍。

青海湖是大自然赐予青海高原的一面巨大的宝镜,澄澈清明,坦荡虔诚。我只望了一眼,心思便坠入澄澈清明的湖底,像一条失了尾的鱼。

　　青海湖古称"西海",比江南的太湖大一倍有余。湖面东西长,南北窄,略呈椭圆形,像一枚白杨叶。青海民间有句俗语,"身背炒面绕大湖,跑垮好马累死鹿",足以说明青海湖之广阔。

　　青海湖四周,是四座巍巍高山,从山下到湖畔,则是广袤平坦、苍茫无际的千里草原。烟波浩渺的青海湖,犹如硕大的翡翠玉盘,安静地平嵌在高山草原之间。山、湖、草原,相映成趣。

　　相传,青海湖里住着一只巨兽,"样貌丑陋,毛杂赤绿,跃浪腾波,迅如惊鹊,近岸见人,即潜入水中,不知其为何兽也"。曾经目睹"水怪"的牧民,莫不诚惶诚恐,顶礼膜拜,娘桑祭海,敬献牛羊。

　　青海湖"水怪",想必应是《山海经》中女魃,只是年深月久,以讹传讹,传言就变了样。女魃本在旱地沙漠出没,却变成"水怪",也是一桩怪事。

　　流言不可信,正如人心不可测。

——2016年初秋,玉树

　　颜予在山海笔记中写道。

　　女魃是谁?她又有着怎样的故事?

　　我于是循着颜予的足迹,去往大漠。

第六章

> 有人衣青衣,名曰黄帝女魃……所居不雨。
>
> 《山海经·大荒北经》

春秋战国时期,昆仑山

旱魃登场

言羽和小寻也按照姬雀留下的记号追踪相柳,一路追到沙漠。

延绵起伏的沙丘,像金色海洋里掀起的浪头,一望无垠。

天是冰蓝,地是澄黄,天地间仅有蓝与黄这单调的两色,映着两具疲倦的身影。

古人云:高山仰止,景行行止。

面对辽远壮阔的自然,人是多么渺小的存在。可纵是这样渺小的个体,就如历史长河中的沧海一粟,也无不用尽毕生力气,书写一纸悲欢。

生而为人,其义者何?

有人渴望权力,欲主苍茫大地之沉浮,比如寒渊;有人渴望金钱,想要攫取家财万贯,比如姬雀;但更多的人,活在世上,都背负着并不情愿的重担,为了使命,为了完成。

言羽无心害死了师父,怀着愧疚降妖;小寻为救族人,被逼做了刺客;而我被神谕选中,肩负着改变奴族命运的责任。

如寒渊、姬雀者,听从内心和本性的召唤行事,善待这具肉身皮囊;如言羽、小寻和我,依外界压力而行事,尝尽千般苦果,譬如朝露,去日苦多。

很难说,谁更快活。

人活于世,到底是为了尽兴,还是为了完成?

托着落日的沙漠浪头凝固了,像一片睡着的海。

美得惊心。

夕阳的余晖,把大漠点染出各色风姿,迎着光的沙面明黄如金,背了光的沙面晦沉如墨,丘顶则赤如鸡血。这是大漠独有的斑斓、火焰、凄凉与诗意。

突然,不远处的沙丘兀地起了一阵旋风,飞沙走石,狂风席卷而来。本已身心俱疲的小寻和言羽,几乎站立不稳。言羽一把揽住小寻瘦削的肩膀,两人紧紧贴在一起,抵御狂风,艰难前行。

"哈哈哈哈!好一对苦命鸳鸯!"天空中忽然传来尖利的女声,在将晚未晚的大漠,显得十分可怖。

两人停住脚步,抬眼望向半空,看到一个穿着青衣的老太婆,秃头,相貌丑陋,从头到脚皱巴巴的,周身散着热气。

"是旱魃。"言羽对小寻低语。

老太婆突然对着他们,吐出一股热浪。两人被巨大的热浪冲击,后退数十步。

两个疲倦不堪的人,如何是妖兽旱魃的对手?

旱魃手中迅速变出一条长绳,将两人捆绑,捉回自己的洞穴。她并没有杀死言羽和小寻,只是把他们双双关进铁笼。

"你怎么了?"小寻焦急地问。

被关入铁笼的言羽,此刻突然变得虚弱无比。

"不知为何,从出生起,每到晦月的月升时分,我都会浑身无力,大约持续一个时辰。没有大碍……"言羽说完这两句话,便昏迷过去。

"言羽,言羽?"小寻急切地唤了两声,没有反应。

小寻把言羽的头放在自己腿上,让他睡得舒服一点,又赶忙解下自己的外衣,披在他身上,怕他着凉。

旱魃看在眼里,缓缓走近铁笼。

小寻一把护住言羽,怒目瞪视着旱魃,生怕她又吐出热气,伤及言羽。

没想到,旱魃只是叹了口气。

许久,她说:"我年轻时,也如你这般美丽。只可惜真心错付,所遇非人。姑娘,我怜你一片痴心,劝你莫要执迷不悟,一场徒劳。"

小寻听罢,浅笑。

"你在嘲笑我吗?你不信我年轻时也很美吗?"旱魃怒道。

"你误会了。我只是笑你,把我和他之间的关系想得太复杂了。"小寻看了言羽一眼,幽幽地说,"我和他之间,没有痴心,只是仇人。"

旱魃悻悻离去。

真是一个敏感多疑的女人,小寻心想。

她轻手轻脚地翻开言羽的《山海经》,寻找其中旱魃的故事。

旱魃前史

旱魃曾有过一段刻骨铭心的苦恋。

旱魃原本名为女魃，出身高贵，是黄帝最喜爱的小女儿，天生丽质，爱穿青衣。她父王的手下，有一员大将，名叫应龙，正是斩杀蚩尤和夸父的勇士。女魃和应龙青梅竹马，一起长大。女魃渐渐对英勇善战的应龙萌生了爱慕之心，应龙也悄悄喜欢着善良、美丽的女魃。

在一场大战中，应龙独战敌方三员大将，身受重伤，还被对方释放的瘴气缠身。女魃为救应龙，生生把瘴气吸进了自己的体内。吸入瘴气的女魃，头发迅速脱落，面目变得狰狞，体内的水分很快全部蒸发，从头到脚变成皱巴巴的模样。她浑身散发出强烈的热气，脚下的土地方圆十里，寸草不生。

女魃不相信，应龙醒来后会依然爱自己丑陋的样子，便打算考验考验他的真心。她把应龙带到人间，拜托一位人类女子好生照看，自己则担心瘴气蔓延，放下应龙，便匆匆离去。

一个月后，女魃回到此地，竟发现应龙已与这位人类女子成亲，朝夕厮守，恩爱非常。女魃一时怒不可遏，怨气、煞气、戾气和着体内的瘴气瞬间爆发，令脚下的花草凋零，树木腐坏，河流湖泊干涸，良田变成荒漠。

女魃变得更丑了。

在疼痛与绝望中,她狼狈地逃往北方,逃到人迹罕至的沙漠,定居下来。

人们听闻,女魃所过之处草木不生,于是都喊她"旱魃"。

几百年间,应龙与旱魃再无相见。后来,皆被句芒封印于《山海经》内。直到言羽解除封印,旱魃才回到故地。

封印旱魃

翌日清晨,旱魃早早来到铁笼前。

小寻担心言羽身体有恙,彻夜未眠,刚刚睡去。已经恢复健康的言羽,静静地守在她身旁。

像守候一株浅眠的海棠。

"你现在是很爱她,可是你能保证一辈子不变心吗?"旱魃的声音阴森森的,问言羽。

言羽抬起头,定定地看着旱魃,"我绝不会变心。"

"哈!男人的承诺向来轻如鸿毛。现在的她年轻漂亮,你自会这样许诺。假如有一天她变丑了,变老了呢?你们男人,说到底都是一样,哪个不是见异思迁,喜新厌旧?"旱魃越说越气,像是回忆起曾经的往事。

小寻被旱魃的声音吵醒,看到身边的言羽,赶忙问道:"你好些了吗？"

"我没事了。"言羽笑了一下，让小寻心安。

"我过去为什么从未发现你的……"小寻支支吾吾地问。

"每逢晦月的月升之时，我都会推说身体不适，早早睡下，所以除了师父和师兄，没人知道我这个隐疾。"言羽淡淡地说。

"隐疾？你知道你为什么会这样吗？"旱魃问。

言羽看向旱魃，并不答话，反问道："你为什么抓我们？"

"天堂有路你不走，地狱无门闯进来。我正想抓你，你倒自投罗网了。"旱魃道。

"你难道也是寒渊的人？"言羽眉头一皱。

"寒渊？"旱魃面带诧异，"看来你的仇家还真是不少。我抓你，是为了找到应龙。"

"哈哈，那你的如意算盘当真是打错了。"言羽朗声笑道。

"我的确打算封印应龙，可我现在也不知道他在哪里。这玄铁筒里，并没有你要找的应龙。不过，择日不如撞日，既然遇见了，那我就先封印你，再封印他。"

"那就要看看你有没有这个本事了。"旱魃大笑着离去，留下不明所以的两人。

旱魃刚刚走到洞穴门口，打开大门，天空突然裂开一个巨大无比的洞口，一条白龙呼啸着，从天而降。

言羽和小寻惊讶地看着眼前的一切。

白龙在半空盘踞,旱魃在地上仰望,两妖对视良久,时空凝止。

终于,白龙伏在地上,恭恭敬敬地唤旱魃为"公主"。

旱魃说:"进屋吧,应龙。"她的声音是前所未有的温柔。

当她转身回屋时,小寻分明看到,她沟壑纵横的脸上,两行稀疏隐约的泪痕。旱魃是不会流泪的,因为她体内的所有水分都会一瞬间被瘴气所蒸发。

不会流泪,到底是幸福,还是痛苦。

如人饮水,冷暖自知。

"你知道,当年是谁救了你吗?"旱魃直入主题。

"是你。"应龙的声音爽朗利落,男子气十足。

"你既知道是我,为何要娶那个凡人为妻?是不是因为我不再貌美?"旱魃悲伤地质问。

"不是。起初,我并不知道是你救了我,只是感激她一直对我无微不至地照顾。直到后来,她对我说,是你把我放在她家,并嘱托她好好照看我,我就知道了你的用心。"应龙深深地望着旱魃,"我和你从小一起长大,想必是这世上最了解你的人。你生性多疑、猜忌,为了考验我,暗地里做过多少事?"

旱魃目光闪躲,垂下头去。

"你装作别的姑娘,给我写情信,以此试探我的情意;你故意和别的男人暧昧不清,来激怒我,让我吃醋。你似乎很愿意看到我的怒火。我以为这只是小女孩的心思,一再包容,没想到你却变本加厉。你迷恋控制,永远怀疑,终于把我从你的身边推开。是你,亲手把我送到她家,也亲手摧毁了我对你的爱。"应龙说得很慢,掷地有声。

"那她就比我好很多吗?她就从来不怀疑你吗?那是因为她没有我那么爱你!"旱魃激动地怒吼。

"是的,她从来没有怀疑过我。你以为怀疑是爱,考验是爱,但其实真正的爱是安心。而猜疑,只不过是控制欲而已。"应龙深吸一口气,"往事不必再提。谢谢你,救过我,爱过我。"

"假如我当时没有把你放在她家,你是不是会继续和我在一起?"旱魃两臂环抱着自己的肩,把头深深地埋进去,低声问道。

"也许会,也许不会。"应龙叹道,"我们永远无法以现在的情景,判断当初的选择。"说罢,应龙恢复了进屋前的恭敬,缓缓伏在地上,对旱魃说:"公主,你曾救我一命,不惜为了我,失去倾国倾城的容颜,大恩不言谢。如果公主可以念及往日情谊,放了言羽,我定会竭尽全力,为你治好瘴气,哪怕赴汤蹈火,肝脑涂地。"

旱魃声音凉成一片,"现在你的妻子已经离开,我只想问你一句。你和我,还有可能重新在一起吗?"

"我说过了,往事不必再提。我这一辈子,只爱她。"

旱魃听后,万念俱灰。

"我不用你拯救,你不欠我。"说完,她放出言羽和小寻,"世间情动,不过碎冰撞壁;世间情劫,皆是隆冬弱水。我已在世上苟活了太久,只为等你一句回答。既然得不到,活着也无意义。"

"封印我吧。"旱魃对言羽说,眼里竟蓄了未被蒸发的泪。

许是泪雨太滂沱,来不及蒸发。

言羽不知两只妖兽所言真假,立即拿出玄铁简,封印旱魃。

应龙心有不忍,转身离去。

看到应龙离开,原本安静接受封印的旱魃,突然间不能自已,开始疯狂反抗,"应龙!应龙!应龙!"她喊得撕心裂肺,肝肠寸断。

远处的小寻落了泪。大约世间女子共此心。

长情,无悔,纵一腔深情错付,未遇良人却念君。

应龙并没有回头,甚至没有停下脚步。

旱魃的声音渐渐微弱,慢慢倒在玄铁简中。

大漠孤烟,万籁俱寂。

一切都已结束,又仿佛从未开始。

谁会记得,《山海经》里曾有一个痴心女子,不惜舍弃倾城容颜拯救心上人,却因多疑,亲手推开了所爱之人。

即便无人记得,茫茫百年,时过境迁,有数不胜数的女子重蹈覆辙。

我们忘却她。

我们心疼她。

我们亦是她。

旱魃化为一缕青烟,《山海经》又添一卷。

上书一字:

疑。

众人会合

我和青烛沿着菡菡和姬雀留下的踪迹,找到了正紧跟在相柳身后的姬雀和菡菡。四人顺利会合后,又追赶着相柳来到昆仑山下,遇见了言羽和小寻。

我一直很担心言羽,生怕小寻动了杀心,再次刺杀言羽。没有我们的保护,他如何能自保?

可当我看到他们时,才知这担心是何等可笑。

他们神情亲密,不多言语,却自有一种心照不宣的默契。言羽那么傲慢冷漠的一张脸,面对小寻时,却总是从容、温情、宠溺。

我急匆匆地问出那句"你没事吧",空荡荡地飘荡在昆仑山脚下,笑我多情。

站在他们面前,我才是多余。

我想起外婆,难道神谕错了吗?

难道他不是我命中注定的人,不是能助我改变族人命运的人吗?

那我现在所做的一切,陪他降妖,眼睁睁地望着他与小寻情意绵绵,又有何意义?

宗布神已被收服,桃木扇别无他用,对言羽而言,我应该也没有用处了吧。

心隐隐作痛。

"我们就此别过吧。神玥先行一步,愿各位平安归来。"我一抱拳,转身欲走。

"姐姐你去哪啊?"菡菡赶忙拦住我的去路,焦急地问。

"宗布神已被降服,我的桃木扇也已物尽其用,往后我未必帮得上忙。我太累了,想回家。"说这些话的时候,我的脸上,大约尽是凄然。

"不行,你怎么能走呢?你走了我怎么办?我只想和姐姐在一起。"菡菡说着,竟带了哭腔。

"菡菡,我们都应该为自己而活。我的前半生,一直在为别人而活,为了奴族性命去祭河,为了天下苍生而降妖。可我自己真正想要什么呢?我想成为怎样的人呢?我又爱着怎样的人呢?

我不知道。"我坦诚地对菩菩讲。

"神玥,当初我们有过约定,我救你性命,你借我桃木扇降服宗布神。如今宗布神已被封印,你若离开,也不必有任何负累。谢谢你为我们所做的一切,望你往后平安顺遂。"言羽平静地说,波澜不惊。

我的眼泪霎时淌下来。

我第一次真真切切地相信,他不爱我,也从未爱过我。

四海列国,千秋万载,我心里只有过一个你。

可惜你心上的人,却从来不是我。

突然,"嗖"的一声,从近旁灌木里,射来一支箭。

我们惊愕不已,迅速伏在地上,进入战斗状态。

一群黑衣人和一群酷似傀儡的武士闯出来,不由分说地攻击我们。他们身手敏捷,悍不畏死。众人瞬间陷入苦战,无暇他顾。

言羽没有武功,我一直挡在他身前,生怕他有任何差池。

可我的余光却看到他脸色越来越苍白,身体越来越虚弱,险些要站不稳。我对着面前敌人虚晃一枪,赶忙扶住言羽。

"青烛师兄掩护我!"我大喊一声。青烛迅速来到我身边,帮我挡住敌人,我拖着言羽离开战场。

"你怎么了?受伤了吗?"我眼眸里都是担忧。

"封印旱魃时,她吐出一口瘴气,我抵挡不及,吸入体内。

但一直没有发作,所以我以为并无大碍。"言羽缓缓道。

"怎么可能呢!瘴气的威力那么大,应龙差点为此丧命,旱魃因此失了容颜,所过之地寸草不生,怎么可能没事!"我焦急地喊道。

言羽不再说话,渐渐闭上眼睛。

"你别睡啊!睡过去可能就醒不过来了!你醒醒啊!"我手足无措,不停地摇晃他的身体。

可他越来越无力,任凭我怎样摇晃,仍是无济于事。

看着他紧闭的嘴唇,我轻轻地吻下去,深吸一口气。

我要把他体内的瘴气吸出,哪怕会让我容颜尽失。

那一刻,我想起旱魃。

我懂她的倾付。

这世上的女人大抵如此,无法眼睁睁地看着所爱的男人受苦,纵然知道他爱的人不是自己。

那是我此生第一个吻,为此,差点送了命。

正在酣斗的众人发现,小寻不知为何突然停止了攻击,目光呆滞,心不在焉,只知机械抵挡敌人的进攻。

青烛看在眼里,起了疑心。

因我退出战斗,小寻又心神恍惚,敌人逐渐占了上风。

众人险象环生,危急时刻,一队秦军杀到,方才替众人解围。

渠梁相救

马蹄声由远及近,在混战中,一队精锐士兵冲来,军旗上书一个篆字:秦。

我定睛一看,那带领秦军的人竟如此眼熟。他一袭战袍,高大魁梧,眼睛里有光。

是我的渠梁哥哥。

他也看到了我,指挥属下杀入战场,解救青烛等人,自己骑着马,向我疾驰而来。

看到他的那一刻,所有委屈悉数涌上心头,我坚韧英勇,望见他,却突然感伤莫名。

我望着他,说不出话来,泪水止不住地滚滚落下。

"玥儿,你怎么了?"渠梁不知发生了什么,只是担忧和紧张。

我的泪雨更加汹涌。只有我自己知道,离家以后,我过得一点也不好。我喜欢的人,心在别处,可我就是这样一个没出息的姑娘,竟然一次次地舍身相救,不惜为他而死。

一片冰心,不遇良人。

渠梁似乎看穿了我的心思,轻声说,"玥儿不哭,渠梁哥哥在。不管你经历了多少苦难,你记得,只要你回头,我永远在你身后。"

我心口一紧。

如果换作渠梁，他绝不会让我一人负气离开，也不会允许我伤害自己，来医治他。

可言羽不是渠梁。

我望着眼前的渠梁，历尽沙场洗礼，他再也不是从前那个未涉世事的少年，眉宇间多了几分冷峻、刚毅和运筹帷幄的泰然。

"你为什么会变成秦军的首领？"我问渠梁。

"因为看不惯奴族首领的媚上欺下。"

"是啊，奴族人要想脱离奴隶的身份，首先要褪去根深蒂固的奴性。"我感叹道。

"你越狱以后，我得知你已经安全，就趁夜色跑了出来，想回故乡秦国去。正好秦人在招兵买马，我便即刻入伍。"

"你本就是秦国人，为秦军效力再好不过了。在楚地做奴隶的日子根本没有尽头。"我赞许道。

"是啊，男儿志在四方，怎能一辈子为奴？"渠梁眼眸里的火焰更深了。

"我早知你绝不甘心屈居人下。"我真心为他高兴，"现在看你英姿飒爽，斗志昂扬，真好。"

"你呢，玥儿？你过得不好吗？"他的眼睛里有藏不住的心疼。

我突然有点恍惚，这种被人疼惜的感觉已经过去太久远了。

菩菩有姬雀在旁,虽然平常吵吵闹闹,但姬雀对她是真心实意的好,旁人看着都有种踏踏实实的温暖。

言羽对小寻,虽不多言,却时刻记挂,心有灵犀,他们之间是灵与灵的依偎。

一行六人,大家同路降妖,我永远被当作武功高强的战士,似乎可以保护所有人,却无人过问我是否也需要被保护,被心疼。

这一刻,渠梁的眼神摧枯拉朽般地击中了我。

"渠梁哥哥,我好累。"说完这句话,我像是一个跋涉了很远的旅人,忽然靠了岸,心里安稳,沉沉睡去。

但其实,是从言羽身体里吸出的瘴气发作了。

我只记得我做了一个梦。梦里,我还是小时候的模样,穿红裙,扎羊角辫。被青蛇咬了手背,渠梁急得满头大汗,帮我清理伤口。但我忘了疼痛,只记得我看着他焦急的模样,笑得很开心。

渠梁遇刺

渠梁加入秦军后,作战骁勇,屡立战功,已经升任"百夫长",如今正带兵赶往西北边陲,准备与匈奴作战。

行军途中,手下禀报,不远处有两伙人正在激战。

渠梁率兵前来察看战情,不料竟看到抱着言羽、神色慌张的我，便立刻赶来相救。

原来，这群进攻我们的"傀儡"，本是西北边陲义渠国的军队。义渠国曾与秦军交手，用"傀儡兵"与秦军周旋，苦苦支撑。正当义渠国即将败北之际，寒渊带着他的人马和妖兽前来相助。

义渠国国王误以为寒渊是友军，便立即结盟，将"傀儡兵"的训练、掌控方法悉数告知寒渊。

谁知寒渊只是想得到这群彪悍的"傀儡兵"，根本不打算与义渠国联盟。于是他露出本来面目，杀掉了义渠国国王，带着"傀儡兵"，继续追杀言羽。

恰逢言羽一行追踪相柳，来到义渠境内，寒渊便派"傀儡兵"和鲛人共同前来伏击。

那些黑衣人，就是鲛人族化了的人形。他们受制于寒渊，却也是小寻本自同根生的族人。当小寻发现时，忽然乱了方寸，不知该向着哪边。

混战之中，寒渊让小寻的族人给她传话，要她杀掉渠梁，否则将导致灭族之灾。

小寻眼见族人一个个倒地，十分伤心。她可以因为爱，不杀言羽，和渠梁却并无交情。权衡一番后，小寻趁周围正在酣战，无暇顾及之时，冲上来攻击渠梁。

渠梁正在我身旁，言羽的瘴气被我吸入体内，我的意识渐渐模糊，言羽则渐渐苏醒过来。

我隐约看到一个人影,是小寻。她悄悄潜行过来,我以为她又要刺杀言羽,想高喊言羽快跑,可是瘴气已经在我身体里发作,发不出声来。

谁知小寻的弯月刀,却落向了正背对她的渠梁。

昏迷前的那一刻,我看到鲜血从渠梁嘴角流出,我的心忽然疼起来,犹如刀绞。

接着,我便沉沉堕入一场大梦。

渠梁没想到,自己明明是保护言羽一行,却被言羽的人背后捅刀。

他毫无防备,未及躲闪,伤得很重。

小寻见渠梁还有一息尚存,便又向渠梁心口刺去。

在这千钧一发之际,青烛从旁杀出,逼退了小寻。

青烛早就对小寻屡屡刺杀感到愤怒,于是他毫不留情,剑招不断,招招致命。

小寻生命危急。

醒来的言羽不知发生了什么,只看到我已昏迷,渠梁受伤,而青烛怒发冲冠,要取小寻性命。

言羽赶忙拖着虚弱的身体,跌跌撞撞地扑来,挡在小寻身前,唯恐青烛伤着小寻。

此刻,菩菩和姬雀尚在对抗外敌,早已精疲力竭,青烛、言羽又起了内讧，场面非常混乱。

渠梁生死不明，秦军失去首领，但他们训练有素，并未慌乱，而是维持着渠梁布下的阵脚，继续进攻黑衣人和"傀儡兵"。在秦军的攻击下，鲛人伤亡甚重。为了不至于全军覆没，鲛人族长下令撤离。而寒渊也知道秦军的厉害，清楚仅凭"傀儡兵"很难占到上风，虽然心有不甘，但还是让"傀儡兵"也撤离了。

菖菖虚弱地瘫倒在地，姬雀在旁一边关照菖菖，一边给渠梁包扎伤口。他们不知我身患瘴气，以为我只是太疲乏，昏睡过去。

青烛和言羽对峙，僵持不下。

"师弟，让开。"青烛素来寡言，谁知难得的开口竟是与同门师兄弟的对抗。

"青烛师兄且慢，这中间一定是有什么误会，我们说清楚便是。"言羽冷静地说。

"是什么误会，能让她一而再，再而三地刺杀我们的同伴？"青烛怒道。

"小寻，你不是真的要杀渠梁，对吧？"言羽转向小寻，问道。

小寻面色冷峻，"没有误会。我就是要杀他。"

"师弟，你不要再鬼迷心窍了。她本来就是鲛人，是妖，而我们是封妖师。人妖殊途，我必须要把这个心狠手辣的女妖封印起来。"青烛的语气不容置疑。

"可她也是受人挟制,身不由己啊!她也有难言之隐,她本心是善良的。"言羽哀求道。

"如果受人挟制就要选择作恶,与恶人何异?如果是你受到寒渊的威逼利诱,你会杀我们吗?"青烛质问言羽。

言羽一时失语。

他明知小寻为恶,却不忍将她封印,还替她找"受人所迫"的借口。他相信,如果换作是他,是我,是渠梁,是青烛,都绝不会在任何情境下,放弃正义和善良。

说到底,小寻妖性有余,为了她和族人的利益,可以牺牲任何原则和正义。可言羽呢?他也因为爱着小寻,而屡次袒护,一己私心作祟,也未见得有多崇高。

言羽和小寻是一类人,他们为自己而活。

而我和渠梁是另一类人,我们为别人而活。

人妖殊途

"言羽,当日你放出妖兽,师父惨死,是我念及同门情谊,才陪你下山捉妖。信誓旦旦捉妖的是你,如今放妖的也是你,你究竟意欲何为?别再执迷不悟了,想想抚养你我长大的师父是怎么悲惨地死去,看看你自己腹上的伤痕是被谁刺伤的,而前来解救我们的渠梁又为何倒在血泊之中!"青烛说得慷慨动情,坚持要杀小寻。

"师兄,是我对不起你们。"言羽面色凄楚,"可我爱她,我不能眼睁睁地看着她被你杀死。你若要惩罚,便惩罚我吧!我甘愿替她而死。"言羽眼角流下一行泪。

"混账!"青烛恨铁不成钢。

良久,青烛开口:"你我师兄弟一场,我念及旧情,不会对你动手。只是你自己选,要么杀掉这个女妖,要么从此分道扬镳。我依然会去降妖除魔,继承师父遗志。只是你我就此别过,今后便是陌路。"

"师兄你这是何苦?我从小与你、寒渊一同长大。寒渊已是我的敌人,你也要变成我的敌人吗?"言羽语气苍凉。

"言羽,一切都是你自己的选择。"青烛缓缓道。

言羽思忖良久,留下一句"各位保重",便带着小寻离开。

青烛、菖菖、姬雀神色黯然,没有一句挽留,所有人都被他伤透了心。

原本陪同言羽降妖除魔,他自己却被妖蛊惑,辜负了众人。

"他已经入魔了。"青烛长叹一声。

"我们赶紧计划下一步怎么办吧,先给渠梁治病要紧。"姬雀说。

"对啊,神玥姐姐也不大对劲,我们赶紧救人吧。"菖菖在旁附和。

于是,一众人等跟随渠梁的军队,回到秦军驻地。

一边休息疗伤,一边研究下一步的计划。

神玥失心

我醒来时,在秦军营帐,帐中只有我。

我隐约记得,昏迷前,看到小寻刺杀渠梁,于是匆忙起身,去寻渠梁。

彼时更深人静,夜色沉沉,伸手不见五指。

四下营帐很多,我想渠梁的营帐应在中央,便往中心位置走去。

突然,有一只大手从身后捂住了我的嘴。

那人个头很高,力气很大,而我此时非常虚弱,被对方钳制,动弹不得,只能任由那人将我拖离营地。

四周荒无一人。

终于,在一片荒野,我被松开了。

"你是谁?为什么要捉我?"我佯装镇定,不想让对方看穿我的恐惧。

"你就是那个对言羽一片痴心的丫头吧?"对方有三人,为首的人问我。

我仔细观察，他的身形和声音都很像我和姬雀在度朔山遇见的齐国王子，也就是寒渊。

我又看他身旁那人，果然提了一盏灯笼，应该就是"收魂灯"。

还有一个，就是把我从营帐外拖过来的高个子。

"你想干什么？"我问寒渊。

我心里已经不怕了，因为我了解他们的底细，也知道他们想做什么。知己知彼，便无恐惧。

"很简单，我想杀掉言羽，拿回《山海经》。"寒渊直奔主题。

"那你找错人了，我现在也找不到言羽。"我淡然说道。

"你先别急着推脱，小丫头。我想我们应该是最有力的同盟者。"寒渊阴森森地笑着，"你一直喜欢他，不顾一切地保护他，但他偏偏喜欢的是那个鲛人，难道你不恨他吗？你不恨那个鲛人吗？"

我心头忽然一动。

对他，是爱是恨，我自己都茫然。我爱他如生命，可他视我如尘土。小寻是杀他的刺客，我一次次涉险救他，可他却把一腔情意全部交付给小寻。

这世上，没有哪个女人不善妒。

倘若我和小寻换了身份，她不恨言羽吗？不恨那个容颜倾国、心肠狠毒的鲛人吗?

我沉默不语。

寒渊见状,更加兴奋起来。"我早就说,我们才是世上最好的同盟者,因为我们拥有共同的敌人。"

我暗中从袖口掏出桃木扇,夜色是最好的掩护。

一柄毒针"嗖"地飞出,寒渊躲闪不及,被刺中脸颊。

"你竟敢偷袭我!给我拿下!"寒渊吃痛,大喊两个手下。

我用桃木扇抵挡,若在平时,他们绝不是我的对手。可我实在太虚弱了,不到十个回合,竟又被那个高个子制伏。

"给我带回大牢!"寒渊喝道。

他并不知道桃木扇里是毒针,以为只是一种寻常的飞镖。那是一种慢性毒药,不会当场毙命,却会在身体里埋一颗雷。

寒渊了解言羽,但他不了解我。

我不会受任何人胁迫和挑唆,去做出卖良心和原则的事。姬雀总喊我"笨神玥",也许我不够聪慧,但我足够坚定。我分得清对错,而且不善动摇。

他可以制伏我,却永远无法控制我。

思忖间,我的身体愈发疲累了,许是瘴气日盛。

一阵天旋地转,我昏倒在地。

醒来时,我躺在一间破败的小屋里。整间屋子只有一盏灯笼，在我的床头燃着。

我仔细观察那盏灯笼，竟是寒渊的"收魂灯"，有一丝一缕的气息，正在缓缓注入灯芯。

我恍然大悟，那是我的气息！

因为染上瘴气，身体里有旱魃的妖气，我的一呼一吸都被寒渊吸入"收魂灯"里，他是想以此来控制我的魂魄！

我举起"收魂灯"，狠狠地向地上摔去，不料寒渊恰好冲进来，劈手夺了过去。

寒渊得意地狂笑道："真是天助我也，竟让你缠上了妖气，刚好为我所用。"他挑衅地看着我："你不是很有原则吗？你不是很正义吗？到头来还不是要向我妥协。"

我心里悲恨交加。若我没有贸然跑出营帐，找寻渠梁，便断然不会被寒渊捉来；若我早些打碎这盏灯，他便不能再用它为害作乱……

瘴气发作得更厉害了，从起初的昏昏欲睡，到神智逐渐迷失，我陷入一种混沌、疯魔的状态，却无力控制。

在浑浑噩噩中，我听到寒渊的指令，然后不由自主地悉数照做。

放不下，是我执之孽。

放得下，是孤独之苦。

有情皆孽，无情必苦。

第七章

大荒东北隅中，有山名曰凶犁土丘。应龙处南极，杀蚩尤与夸父，不得复上，故下数旱，旱而为应龙之状，乃得大雨。

《山海经·大荒东经》

春秋战国时期，昆仑山

共度余生

话说离开众人的小寻和言羽,相顾无言,向西行去。

小寻虽然一言未发,但心里非常愧疚,认为是自己导致了言羽和众人分崩离析。

从一开始,为了族人,听令于寒渊去刺杀言羽,到阴差阳错地和言羽他们一起上路降妖,再到最后刺杀无辜又忠义的渠梁。小寻觉得自己并没有做错什么,但好像又做错了一切。

悲从中来,她落了泪。

看着梨花带雨的小寻,言羽只剩心疼。

"没关系,他们不懂你的苦衷,所以才会逼你离开。我明白你的艰难和无奈,你是我见过最善良的姑娘。"只有对小寻说话时,言羽的声音里才会有浓得化不开的温柔。

"为什么我们活得这么辛苦?为什么我们要背负这么多使命?为什么我们不能过最简单平凡的生活?"小寻问道。

"没事,等我们打败了相柳和寒渊,就能还天下苍生一个太平世道,鲛人族也能安居乐业。到那时,我们去一个与世隔绝的山谷,不问俗世,共度余生。"言羽的眼眸里满是深情。

小寻的心头像下过一场雨,雨落处,青草蔓延。

她从小被当作刺客来培养,没有见过多少情意。与她不同,我有一个关照自己、呵护自己的青梅竹马渠梁。小寻的人生里只有刺杀，只有敌意。

可是，势单力薄的两人，如何能对付法力高强的相柳，又怎能击败不可一世的寒渊，言羽一时束手无策。

他只知道，天下七国，人逾千万，但在他心里，只她一人，便敌得过千军万马，四海潮生。

应龙亡妻

应龙救出言羽后，便离开大漠，一路飞回中原。

他飞到一个山清水秀的村庄。他就是在这里养伤，遇见了自己的妻。后来她去世，也葬在此地。

于此相遇，又于此别离。

他找了很久，想找到妻子的墓碑，却怎么也找不到。他记得妻子墓地的位置，可是来到近旁，却发现杂草丛生，白骨成堆。战乱的年头，家宅尚且变作残垣断壁，更不必说一座墓碑。

应龙叹了口气，想到与妻子生前朝夕相处的点点滴滴，触景伤情，潸然泪下。

"你生前最喜欢把屋子整理得素净整洁，死后的墓地却是这样凌乱不堪。你放心，我一定会带你去一个干净的、没有纷扰的地方。"应龙自顾自地说。

他见四下无人，便用法术将妻子的尸骨从棺椁中取出，化身为龙，冲上云霄，俯瞰世间。这才惊觉，这个天下处处是生灵涂炭的战场，早已没有一方净土。

应龙无奈地苦笑，重新化为人形，漫无目的地在村庄里行走。

他看到曾与妻子执手走过的每一处风景，触景伤情。她已离去三十载，却言犹在耳，音容宛在。

应龙一直以为，妻子死于难产。

临盆时，胎位不正，生命危在旦夕。村里的接生婆没见过这种情形，都不敢接生，让应龙去百里开外的城里找个郎中。他舍不得扔下妻子独自面对生产的痛苦，却又找不出其他方法可以保住妻子的性命。

临行前，他对接生婆说，"到了万不得已的时刻，千万保大人。"

说罢，应龙便上路了。

与凡人结合触犯天条，他不敢在人群中现出真身，只能走路去找郎中。来回走了四天三夜，他终于带着一位据传可以妙手回春的神医，回到家中。

可是，妻子最终还是没有等到他。

她躺在床上，浑身是血，一个珊瑚色的婴儿躺在旁边，也不哭闹，就那样安安静静地望着他。

他悲痛欲绝，竟憎恨起那个婴儿。

他认定了,是这个安静的男孩,夺去了妻子的生命。

于是,他将妻子妥善安葬,当晚便启程,把婴儿送给了一个好心的道长。

道长说:"这孩子将来必是人中龙凤。"

应龙摇摇头:"可我永远无法面对他,是他要了我妻子的性命。"

"乱世之间,轮回千载,命数自有天定,何必怪罪一个无辜的孩子?"

"我意已决,道长不必相劝。"应龙转身欲走,又回了头,在孩子的右手腕处,轻轻抚了一下。"将来这孩子如果有难,无论天涯海角,我一定会立刻出现在他身边。"

应龙回忆起一幕幕往事,悲凉盈千。

他想,或许自己本不该错怪那个孩子,他也许是妻子留给自己最后的礼物。假如当时选择抚养他长大,妻子的血脉气息大概也会一直留在自己身旁吧。看着他越长越像妻子的模样,自己会伤心,还是宽慰?

游荡时,应龙遇见一位老人。

他觉得这人很是眼熟,猛然忆起,老人是这个村子的村长。当年,应龙把婴儿托付给道长后,怕触及伤心回忆,便再也没有回过村庄。

三十年不见,村长已经垂垂老矣,腿脚不大灵便,眼耳也不再灵光。

应龙上前招呼，攀谈起来。

"你娘子走得太惨了，我至今都忘不掉啊！"村长提到应龙的亡妻，言语间难掩惋惜和悲痛。

"是啊，我去城里找郎中，没想到回到家，她已经难产而死了。"应龙也陷入悲伤。

"难产？你娘子是难产死的吗？"村长有些怀疑自己没听清。

"是，她留下了我们的小孩，可我当时太狠心，觉得是这孩子让我娘子丧命，便把这小孩送人了。"应龙言辞间有深深的悔意。

"不对，你娘子不是因为难产死的，我记得很清楚。"村长斩钉截铁地说道。

"那是因为什么？"应龙心头一惊。

"当年有一个九头大蛇袭击了村庄。他面目凶恶，极其残忍，专吃小孩。村里几乎每户人家，都有小孩被吃掉。你那时去城里找郎中，几个接生婆帮着你娘子接生，也是老天保佑，最后终于生出来了，母子平安。村里人都很高兴，打算等你回来庆祝一下。"老村长顿了一下，"结果那天晚上，九头大蛇出现了。它张着血盆大口，吃掉了街上玩耍的小孩，又挨家挨户地搜，想找能吃的孩子。到了你家，你娘子死死护住你们的小孩。大蛇生了气,就杀死了你娘子。说来也怪,村民们都想,娘死了,孩子肯定难逃一劫,可谁知那孩子竟毫发无损。"

"这么说来,我娘子是被一个九头大蛇杀死的?"应龙震惊不已。

"是啊,那时村民们都很痛苦,因为各家的小孩都被吃掉了,也没人留意到你回来。有人说,看到你匆匆忙忙地带着孩子走了,这一晃三十年,再没回来过。"村长低叹。

"我当时只当是娘子难产而死,悲痛欲绝,只想赶紧把那小孩送走。"应龙悔恨不已。

"你不应该把他送走的,他是你娘子的命。接生婆接生的时候,她说,这个小孩不一般,她不知道以后还能不能再怀上你的孩子,所以千万要保小孩。"村长说。

应龙明白,妻子的意思是,他是妖,她是人,能平安诞下一个健康的孩子实属不易。而村长所说的九头大蛇,无疑是食人的相柳。

"相柳,我要你偿命!"应龙仰天长啸,带着妻子的尸骨,化为龙形,盘旋升天。

应龙斗蛇

此时,寒渊和相柳,正在昆仑山上,密谋如何杀掉言羽等人。

"如今,他最信任的神玥已为我们所用,真是天助我也。"寒渊冷笑道。

"不如我们就派她去偷《山海经》,然后再杀掉言羽。"相柳在旁出谋划策。

"不行,这么大的事不能交给一个女人。先前让那个鲛人去杀他,竟每次都被他逃脱了。"说到这里,寒渊恨恨地咬了咬牙。

"那我们该怎么办?"相柳问道。

"可以把这个女人当成诱饵,引言羽出来,然后你我合力,再加上'傀儡兵',一起把他干掉。"寒渊目光凶恶。

"那言羽能上当吗?那个女的不是说,他们已经决裂了?"相柳疑惑。

"以我对他的了解,真到了同伴十万火急的时刻,他不会置之不理的。"寒渊说,"他心太软。"

正当两人密谋之际,一条白龙呼啸而至。

天雷滚滚,锋利的闪电划破天际,应龙威风凛凛,出现在两人身前。

"这不是应龙老兄吗,什么风把你给刮来了?"相柳和应龙多年以前曾交过手，也算不打不相识，但应龙武力远在相柳之上，于是相柳谄媚地打着招呼。

寒渊一听"应龙"这个名字，便知是《山海经》中武力最强的妖，心想他若能为己所用，天下岂不是唾手可得。

两人各自心怀鬼胎。

应龙却一心惦着自己的亡妻，于是质问相柳："是你杀死了我的妻子吗？"

相柳一脸困惑，"我都没见过你的妻子，怎么可能杀死她呢？"原来他作恶多端，杀人如麻，早已不记得几时杀了应龙的妻子。

"三十年前，你是不是曾经去过中原，去一个村子里挨家挨户吃小孩？"应龙的眼睛里喷着怒火。

相柳略一思索，好像记起了什么。

"有一个刚刚生完孩子的女人，拼死保护她好不容易诞下的男婴，没有让你吃掉，你可曾记得！"应龙句句紧逼。

相柳猛然想起当时的场景，但他自知理亏，不敢言语。

"那个女人，就是我的妻子！那个小孩，就是我的儿子！"应龙暴怒地呐喊道，犹如平地惊雷，地动山摇。

相柳被吓得不轻，哆嗦着说："我怎么知道……是你应龙的妻儿……我若知道……借我一百个胆子，也绝不会动手的啊……"

"你为祸人间这么多年,到如今仍然不知悔改,还要继续杀人。我今天一定要为我的妻子报仇,为天下百姓除害!"应龙一边说,一边扑向相柳。

"可是就算我不杀她,你也不可能和她白头偕老啊!你是妖,她是人,人的寿命只有六十年,而我们则可以永生永世活下去!你总归是要离开她的,不可能长相厮守啊!"相柳挣扎着狡辩道。

应龙被相柳的一席话分了心,想起亡妻,如果当初自己没有选择和她在一起,她或许可以活得更久、更开心,也更自在,而不必为与自己结合,触犯天条,没日没夜地担惊受怕。

他想起旱魃所说,他们的结合原本就是一段孽缘。这一切莫不是天谴罢!

可山海生万物,若非草木,孰能无情?

不料,应龙稍一分心,便中了相柳施展的幻术。

在幻境中,应龙看到他的妻子。她还是初见时的模样,温柔,平静,有一种让他心安的力量。妻子把应龙从睡梦中唤醒。他忽然发现,这一切都不过是一场梦。醒来时,妻子还真实地在自己身边。他一把抱住妻子,不禁潸然泪下。

二人牵着手,惬意地在花园里散步,妻子悄声说,"告诉你一个好消息,你要当父亲了。"应龙欣喜若狂,笑得合不拢嘴。他脑海里突然浮现出一个人影。他一袭白衣,眉眼冷峻桀骜。当他想仔细辨认时,那张脸却又转瞬即逝。

秦军大败

中了幻术的应龙，非但没有除掉寒渊和相柳，反被他们关押在昆仑山。

寒渊没有杀应龙，他还幻想着能将应龙收入麾下。但他也担心，应龙短期之内不会为己所用，只能先关起来，稳住他，再从长计议。

寒渊杀言羽心切，带着相柳和已然失心的我，还有一众兵马，来到秦军营地。

渠梁得知我已被寒渊控制，生怕我有什么闪失，让手下的人一律只防守，不进攻，务必确保我毫发无损。属下接到渠梁的指示，束手束脚。青烛等人也投鼠忌器，不敢与敌方酣战。

这些都是后来渠梁告诉我的。那时的我已经失去意识，杀红了眼，像一个独自身处暗夜的人，耳旁只有一个声音——"杀人"。

那次的战役，秦军大败。

渠梁哥哥为了保护我，第一次吃了败仗。

寒渊还抓走了青烛、姬雀、菩菩，并把他们全都带回了昆仑山，和应龙关在一起。但他没有发现言羽的踪迹，仍不罢休。

他严刑拷打青烛三人，逼迫他们交代言羽的行踪，但他们谁也没有说。寒渊第一次感到有点害怕，没想到这几个素昧平生的人，竟都如此坚定，如此重情义。

这世间，最不堪一击的，是一个"情"字；最固若金汤的，却也是一个"情"字。

渠梁屡次带兵攻打昆仑山，但因昆仑山地势险峻，易守难攻，始终没能营救成功。

寒渊深知，言羽一日不除，自己就不能高枕无忧。他派人四处散布消息，让言羽速来昆仑山，用他一条命，交换我们四人的性命。否则，便要将我们全部杀掉。

营救应龙

"我要去救他们。"言羽听到寒渊散布的消息后，斩钉截铁地对小寻说。

"这应该是寒渊的圈套吧？"小寻不无担心地问。

"这肯定是他布下的局。但他心狠手辣，如果我不去，寒渊就会认为他们没有利用的价值，一定会把他们全都杀光。"言羽说。

"那我陪你去。"小寻的语气也很坚定。

"你就在这里，等我回来。此去凶多吉少，我不想让你受伤。"言羽眼眸里尽是酽酽的温柔。

"正因凶多吉少,我才不能让你一个人去。如果我们注定逃不过这一劫,我也不愿独活。"小寻说着,眼泪已然滑落。

"明知是去送死,你还要陪我一起吗?他们是我的同伴,为了助我降妖才走到如今。可他们和你并无瓜葛,你本不必管他们的。"言羽再劝。

"我想让你活着。我们好不容易才走到一起,我不想有一时一刻与你分离。"小寻说道。

言羽将小寻拥入怀中。他们走得坎坷,人妖殊途,仇敌相见,好不容易跨过重重磨难,才决定漠视一切风雪,牵着彼此的手共度余生,却又不得不面临死亡的考验。

造化弄人,命运总会猝不及防地抛给我们一些惊喜,又绝情地让我们饱尝失去之痛。生而为人、为妖,皆有冥冥定数。得到时,不必喜极;失去时,也无须悲戚。宠辱不惊,才是生命应当拥有的姿态。

可是他们那时年轻,难以懂得这些道理。

浓情烈火、肝肠寸断的是爱情,笃信不疑、细水长流的也是爱情。

你来了,用一天惊醒我的懵懂,用一世偿还我的天真。

言羽和小寻一起前往昆仑山。

路上,言羽想到旱魃和应龙那段莫名其妙的对话,心里隐隐地觉得或许与自己的身世有关。

"那边好像有人。"小寻轻轻地拽了一下言羽的袖口,小声地说。

两人警觉地伏低身子。

小寻仔细一看,那两个黑衣人竟有点像自己的族人。

"他们不是上次袭击我们的黑衣人吗?为什么会在这里?"言羽小声问。

"没错,是他们,是我的族人。"小寻轻声回答。

她给言羽使了个眼色,言羽便蹑手蹑脚地藏入道旁的草丛深处,直到完全看不出人影。

小寻站起身,装作若无其事地往前走,恰好与两个黑衣人迎面相遇。

"小寻?是你吗?"其中一个黑衣人,一看是小寻,十分惊讶。

"是我啊,你们怎么会在这里?"小寻假意问道。

"我们还以为你已经死了呢……"另一个黑衣人说。

"怎么会?我领了寒渊的命令,一直在跟踪言羽,伺机刺杀,只不过现在还没找到合适的时机。"小寻继续编着谎话。

"唉,这个丧尽天良的寒渊,我们这样做他的走狗,不知何时能到头!"一个黑衣人叹道。

另一个赶忙接话:"是啊!他刚刚下令,让我们在这一带搜查,如果发现了言羽的踪迹,立即报告,他要派新捉的大妖来杀他。"

"新捉的大妖?是谁?"小寻不解地问。

"是一条白龙,好像叫应龙。"黑衣人答。

"应龙也被他捉住了吗?据我所知,应龙不是一个恶妖啊!"小寻惊叹。

"不,那个九头蛇会使用幻术,应龙应该是被迷晕了,现在完全听候寒渊的差遣。"

"还有一个女人,带一柄扇子,也被寒渊施了法,摄了魂,也听令于他。说起来也是个可怜人呐!"

"可不是吗,还有新抓进来的那几个人,都被打得够呛,但一句话都不吐。我看那个胖子都快没命了,还是不说言羽在哪,宁死不屈,也是有骨气啊!"

两个黑衣人自顾自地讨论起来,草丛中的言羽听得一清二楚。

他回想起那些同伴,想起那群自己曾经为了小寻背叛过的人,现在竟然为了保护他,都几乎送命。

"我是不是太自私了?"言羽心底默默自问。

他好像忽然明白了肩上的责任,也明白了世事的轻重。

言羽身世

小寻假意让族人带路,带她看一看应龙的真身。言羽则悄悄地跟在她们身后,与他们一起上了昆仑山。

寒渊忙着与渠梁作战,并且以为应龙已经中了幻术,无力反抗,所以在昆仑山上,看守应龙的卫兵寥寥无几。

黑衣人带着小寻,很快找到了囚禁应龙的地方。小寻打发他们离开,便与言羽会合。

应龙被关在一个山洞里,锁在铁笼中。巨大的铁笼密不透风,寻常妖兽都很难逃脱,更不必说是中了幻术的应龙。

言羽走到应龙面前,仔细看他的眉眼,竟有几分熟悉和亲切。只是应龙眼神涣散,显然还未从幻术中走出。

"我们现在怎么办?"小寻问道。

"你可还记得,姬雀曾经给我们讲过一个他行骗江湖时使用的幻术。"言羽回忆道,"他说幻术其实都是障眼法。他曾经用一个狗头,变成一个西瓜,从地上生长,长到通了天,人们惊讶不已。他正准备收钱,来了一个道士,泼了一碗猪血,只见那通天的西瓜原来是一个血淋淋的狗头,被挂在一棵高高的树杈上。"

"所以我们也可以用猪血,来破应龙的幻术是吗?"小寻又问。

"我们时间不多了,也没有猪血可用。我想用我的血试一下。"言羽冷静地说。

说罢,便划破了自己的掌心。

小寻心疼他,也悄悄地割破了自己的腿,想尽快收集足够的血,让言羽少流一点血。

就这样,过了半炷香的功夫,一碗新鲜的血液摆在应龙面前。

言羽朝着应龙使劲泼去,应龙猛地一惊,突然从幻境中醒来。

"我为什么会在这里?"应龙大惑不解。

"你中了相柳的幻术。"言羽说。

"该死!我本是要杀他的,却被他俘了!"应龙愤恨地说。

"你为什么要杀他?你们无冤无仇。"小寻问。

应龙看了言羽一眼,"相柳杀了我的妻子。"

"哦?你的凡人妻子竟也是他杀的吗?"言羽问。

应龙长叹一声,"言羽,我想给你讲一个故事。"

"是关于我身世的吗?"言羽问。

"没错。"

你可以理解一个爱妻心切的男人吗?

你可以理解他误以为妻子难产而死,所以遗弃自己的孩子吗?

你可以理解他当初的莽撞和如今的悔恨吗?

可言羽无法理解的,远不是这些。

他一直以"降妖师"自居,自以为可以封印天下妖兽,还百姓一个太平盛世。

没想到他自己竟然就流淌着妖的血。

一切疑团都解开了。

他恍然明白,为什么师父句芒不教他武功,只让他读书、习轻功。他也终于知晓,为什么"藏心阁"是师门禁地,多年来师父不许他们踏足。每每谈及言羽身世,知情者三缄其口。每逢晦月,他的身体会变得极其虚弱,原来是体内被封印的妖气上涌。在大漠时,旱魃要捉他来引应龙现身。原来他竟是应龙的儿子!

言羽惊愕不已,但更多的是迷茫。

他还要继续降妖吗?

这世间果然是人善、妖恶吗?

他又凭什么,以万物之灵——人的身份自居,去封印自己的同类呢?

他陷入矛盾中,难以自拔。

"言羽,我知道你心里有无数个结,但你现在有更重要的事去做。"应龙提醒道。

言羽想起被囚禁在昆仑山的同伴,想起失心的神玥,备受摧残的青烛、姬雀、菡萏,还有一往无前的渠梁。

"你和我们一起去吗?"言羽问应龙。

"我一定会去,相柳也是我的敌人。"应龙说道。

那看似巨硕的铁笼,根本困不住恢复神志的应龙。

他呼啸着,撞破枷锁,冲入云霄。

言羽归来

应龙化作一条白龙,言羽和小寻骑在他背上,在昆仑山巅俯瞰众生。

应龙远远看到屋中饮酒的相柳和寒渊,忽然心头火起,从高空俯冲下来,冲向两个毫无防备的人。

两人没想到应龙会挣脱幻术,一时方寸大乱。

小寻对战寒渊,应龙对战相柳。

应龙的武力明显强于相柳。正当相柳渐感体力不支时,寒渊的"傀儡兵"及时赶到,联合攻击应龙。

应龙神威凛凛,杀掉无数"傀儡兵",但终因敌众我寡,受了重伤。

寒渊担心"收魂灯"被偷走,便让相柳吞了下去。在应龙猛烈的攻击下,相柳又把"收魂灯"吐了出来。

寒渊一看情况不妙,赶忙趁乱捡起"收魂灯",带着我匆匆逃走。

言羽让小寻去救青烛、姬雀和菖菖,自己在旁帮衬应龙,继续对抗相柳。

小寻一路搜寻,终于来到水牢,看到青烛等人已经奄奄一息,难过非常。若不是因为她,他们一行人便不会走散,也不会落到如此惨境。

"谢谢。"当小寻帮青烛松了绑,救下他时,青烛轻声说。

青烛已经原谅了言羽和小寻。他知道,执拗的师弟并无恶意,只是太爱这个鲛人女孩了。

姬雀被打得最重,谁也没想到他竟能扛得下来。他行骗江湖那么多年,为了钱财什么都可以出卖,却因为喜欢菖菖,变成了一个铁骨铮铮的男子汉。

小寻看着面色苍白的菖菖,突然觉得她很幸福。

姬雀一定是很爱她,才会为她变成更好的人吧。他生得不大好看,还过早地发了福,没有多少智慧,只会些三脚猫功夫,原本是这一行人里最不起眼一个,但因为认真地喜欢一个姑娘,竟也变得可爱起来,高大起来。

他满脸满身都是血,被小寻救下来时,第一句话却是:"菖菖怎么样?"

看到姬雀的惨状,菖菖不禁淌下泪来。

"傻丫头,哭什么,我这不还活着吗。不光活着,我还活蹦乱跳呢。"姬雀就剩一口气了,还不忘耍贫嘴。

"快闭嘴吧死胖子,你再说下去真的要死了。"菖菖一边抹眼泪,一边挤兑姬雀。

"外面什么情况?"青烛问。

"寒渊带着神玥跑了。言羽和应龙正在和相柳交手,相柳落了下风,但应龙也伤得不轻。我们得赶紧去帮忙了。"小寻忧心忡忡。

于是,一行四人互相搀扶着,回到那个狭小的"战场"。

可当他们回到寒渊、相柳饮酒的那间屋子时,相柳已经不知去向,"傀儡兵"死的死、逃的逃,应龙和言羽倒在一片血泊中。

小寻心下一惊,赶忙跑到言羽身旁,探了一下他的呼吸,惊觉言羽竟已断了气!

"为什么会这样!你怎么了言羽!你不要吓我,快醒醒啊!"小寻抱着言羽,声嘶力竭地喊道。

原来,相柳在和应龙相斗,将要落败之际,心生一计。

相柳自知应龙武功在他之上,不能硬拼。但言羽似乎没有多少武功,如果用自己的分身偷袭言羽,势必得手,而应龙定会为此分心。这样一来,自己或许还能逃过一劫。

于是,他出了险招,分出一个分身,偷袭言羽。言羽被击中要害,应龙突然慌了神,赶忙去看言羽。相柳钻了空子,趁乱逃走。临跑前,还使出浑身解数,重击了已经伤痕累累的应龙。应龙的心思都在抢救言羽身上,被相柳重击倒地。

"言羽,你能听到我说话吗?我求你别死,好吗!我们不捉妖了,我们回苍山隐居,一起过与世无争的小日子,再也不插手这个乱世了。好不好!好不好!"小寻哭成了泪人,声音也沙哑了。

言羽在小寻剧烈的摇晃下,一口鲜血喷出,当场死亡。

菡菡略通医术,给言羽号脉,感觉他的脉象已没有了一丝动静。

在场的所有人都非常痛苦,连青烛这样平素喜怒不形于色的男子都落下两行清泪。

菡菡也嚎哭起来。

小寻悲痛欲绝,几乎昏厥。

"我不会让你死的。"小寻突然停止哭泣。

菡菡走过来,轻轻抱住她。他们好不容易才走到一起,谁知没几日便阴阳两隔,任谁都无法接受这个结局。

"菡菡,你帮我布一个阵法。"小寻恢复了冷静。

"什么阵法?"菡菡不解地问。

"复活术阵法。"小寻说。

"这世上真的有复活术吗?"菡菡疑惑地问,"我只听说过,却从未见过。"

"青烛师兄,麻烦帮我找一些石子。"小寻吩咐。

所有人看到小寻那么痛苦,虽然都不相信世上有复活术,但还是决定死马当成活马医,做最后的尝试,最起码不要留下遗憾。

于是,菡菡按照小寻所讲的方式布下阵法,青烛也找来许多石子。

小寻抱着言羽的尸体,缓缓走入阵法之中,并在自己的周围摆下一圈石子。

那一刻,她美得令人窒息。神玥的美是雨后初荷,从容,大气;菡菡的美是古灵精怪,单纯,灵动;而小寻的美是妖艳,魅惑,锋芒毕露。

这些女子看似那样不同,各自背负着使命和宿命,又是那么相似,真诚而竭尽全力地面对爱人,面对爱情,面对世间。她们都拥有惊人的爱的能量,甘愿为所爱的人赴死。

这些果决的、孤勇的、外柔内刚的女子,值得一切赞美。

在小寻的示意下,菡菡开始驱动阵法。

言羽安静地躺在地上,小寻轻吻他的额头,对他说:"如果有来世,我依然会选择不顾一切,与你在一起。因为被你爱过,是我三生有幸。"她落下一滴泪,竟变成一粒耀眼的明珠。"请你一定代替我,好好活下去。你要知道,我会一直在你身旁,化作山,化作溪,化作草木,化作细雨。你所见的一切,都是我,是我爱过你的证据。请你记得我,我是你的爱人,小寻。"

已经浑身冰冷的言羽,眼角竟有泪淌下。

这是阵法中的"秘术"。

在小寻秘术的催动下,言羽当真活了过来,脸色也逐渐红润。

众人大喜,可小寻的身体里却飘出泡沫。

"快住手!她是要用自己的生命,去换回言羽的性命!"这时,受伤昏厥的应龙转醒,看到小寻所做的一切,明白她是在以命换命。

菖菖等人恍然大悟，急忙阻止，却发现小寻身前摆放的石子，其实是鲛人用来隔绝人类的阵法。此时，谁也无法冲到里面，只能看着小寻一点一点化为泡沫。

"这到底是什么复活术？"菖菖问应龙。

应龙强忍剧痛，艰难地答："这是鲛人特有的能力。他们能把自己的生命化为泉水，救活已死的人，而自己会变成泡沫，魂飞魄散，坠入轮回之外。"应龙语气悲痛，"但复活术使用的前提，是两人必须心神合一，爱恨一体。"

小寻抱着言羽，慢慢地化为泡沫。一滴滴生命之泉缓缓滴入言羽口中。

言羽渐渐苏醒。

不久，言羽睁开眼睛，却看到自己心爱的女孩逐渐消失。他想喊，却喊不出来，想伸手，却不能动弹，只能感受到小寻轻抚自己的脸颊，越来越轻。

她说，请你记得我。

复活后的言羽，绝望地呼喊，放声痛哭。

他面对那么多妖兽和苦难时，没有哭；面对信任的二师兄欲置自己于死地时，没有哭。

他一生的眼泪，全都给了小寻。

"我要她活过来！求你了菖菖！我要用我的命换她的命！失

去了小寻,我活着还有什么意义!"言羽一把抓住菈菈,肝肠寸断。

这时,应龙用自己残存的法力,驮起言羽,飞入天际。

言羽在万丈高空,世界之巅,下面是从前和小寻一起看过的山河。

你看,这是我们一起看过的万家灯火,一起走过的山川草甸,一起度过的生动时光。

可你为何离去,留我一人独自怀缅。

假如我们不曾相遇,是否此生便无苦味?

河伯、玄柳、言羽,他们都是痴情的男人,渴望复活死去的爱人,或者等一场轮回。

如一场无果的大梦。

生我何用

失去小寻的言羽失魂落魄,万念俱灰,似乎已经找不到活在这个世间的意义。

他为什么活着?

是为捉妖,为苍生,为天下太平吗?

可是如果一个男人,连自己心爱的女人都无力守护,又谈何守护天下呢？

纵然真正换得一个太平盛世，却无法携手爱人去看这盛世的河山，岂不是最大的悲哀？

应龙非常清楚言羽心里的痛苦和矛盾。

"或许我不配做你的父亲，也不配给你讲什么人生道理，毕竟是我曾经抛弃了你，才让你一步步走到今天。如果那时我将你抚养成人，也许现在又是另一番结局。"应龙对言羽忏悔道。

"往事已经过去，现在也未必不是最好的结局。"言羽平静地说。

他对应龙恨不起来。除却血脉相连，他们太相像，都是深情入骨的男人，都愿为自己心爱的女人付出一切。

言羽理解自己的生父。

"我想与你聊聊这些年我们各自的故事，你愿意吗？"应龙语气里有种恳求的味道。

言羽点点头。

从在苍山学艺讲起，到打开《山海经》，放出妖怪，下山捉妖遇到神玥，再到后来降服各路妖兽，得知最亲近的二师兄竟要置自己于死地……言羽说了很多。

应龙说起自己在黄帝麾下，与旱魃之间的爱恨纠葛，与言羽母亲的相识相恋。他还讲起自己对亡妻深深的思恋，字字泣血。

刚刚失去小寻的言羽，在那一刻突然有了与父亲心灵相通的联结。他们都尝过这世间最真挚的情感与最深刻的失去，然后倾尽一生，去怀念一个离去的人，去凭吊一段无法忘怀的往昔。

"言羽，你看看这个天下，有些曾是你们一同并肩走过的山川河流，有些曾是见证你们相识定情的一草一木，你愿意它们被摧毁吗？你忍心看到这方土地支离破碎吗？"应龙问道。

言羽知道，父亲是希望他尽快走出颓废，继续为守护天下苍生做些什么。

应龙继续说道，"你母亲死后，我也经历过万念俱灰的日子。但当我重新回到黄帝麾下，去开山治水，我又重新活过来了。我知道这个人间需要我们，还有更多人需要我们。也许因为宿命，我们注定会失去一些人，注定无力保护一些人，但不可否认，我们有能力去保护这世上的另外一些人。这是一种大爱。你亲历了别离，但你可以尽己所能，不让更多的人经历这样的苦难，不让这个满目疮痍的山海永无宁日。"

言羽若有所思。

"我第一眼看到小寻，就觉得她身上有你母亲的影子。她们都是那样美丽，也那样善良，为爱义无反顾。她用自己的性命让你活着，不是为了让你自暴自弃，陷入自责的无边深渊。她是为了让你改变这哀鸿遍野、豺狼横行的世道。而她也会化作山溪细雨，在你看不到的近旁，永远陪伴在你的左右。"应龙眼角湿润。

言羽回想起小寻临终前的一幕幕，不由得泪如雨下。

"生我何用！"言羽仰天长啸。

应龙望着自己的儿子，欣慰地笑了。

他知道，言羽已经舍弃了小我的执念和苦痛，站在更高远的地方，俯瞰这众生百相。

"我想请你帮我唤醒体内的妖性。我要战胜相柳和寒渊，为这个天下做点什么。"言羽语气坚定地对应龙说。

"你生来就是为了拯救黎民百姓。这是你的使命，也是你的宿命。"

应龙用尽最后的法力，唤醒了言羽体内蛰伏的妖气。

原本毫无武功的言羽，像被打通了任督二脉，当即获得了无穷的力量与法术，外形也发生了巨大的变化，不再似从前那般羸弱，而是与他的父亲应龙一样，变成一条白龙，却更年轻，也更锐利。

他明白了世间山河的重要，明白了自己诞生与存在的意义。他更明白，小寻就在他身旁，他其实并不孤单。

而应龙，也耗尽了最后的生命，倒在言羽面前。

一将功成万骨枯。

是他们，是无数人的牺牲，成就了言羽。

第八章

春秋战国时期，义渠国

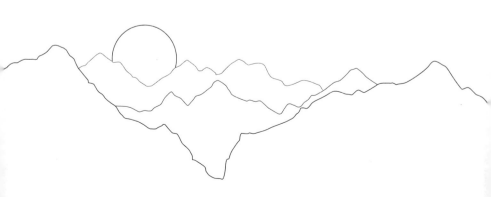

决战寒渊

寒渊看到，相柳和自己的"傀儡兵"们相继战死、战败，而秦军又骁勇异常，自知不敌，便带着残余部下，和已经千疮百孔的相柳，还有失去神志的我，一起逃往义渠国要塞——"天帝都城。"

天帝都城，位于义渠境内最北端的深山密林之中，距离义渠首府约800千米，是西北久负盛名的城池。据传，风景绝伦，美胜天宫，连西王母看过此地的天山、天池、花海之后，都惊叹自己的瑶池和御花园不及此地，甘拜下风。

天帝都城是极北、极寒之所，有一处湖泊，名镜湖，传说有神秘的湖怪出没。湖水颜色随天色、季节而变换，湖光山色，相得益彰，尤其是湖心晨雾，引人入胜，美不胜收。

环湖四周的原始森林长满了云杉、冷杉和苍翠欲滴的松柏，草木旺盛，绿草如茵，数树深红出浅黄，每到入秋，更是万木争辉，金黄、殷红、黛绿，各呈异彩。

镜湖畔，住着义渠人和图瓦人。图瓦人眼窝深，鼻梁高，五官如刀琢，身材颀长，不似中原人样貌扁平，身材精悍。尽管风景极美，但天帝都城地处边境偏远地区，人烟稀少，只有少许世代定居于此的原住民。这里还有各种各样扑朔迷离的传说。

渠梁带着士兵及言羽一行人,一路追杀到天帝都城。

虽对此地早有耳闻,但从没有人真正踏上这片土地。当他们亲自来到这座城时,才知言语和传说是多么苍白。此地无与伦比之美,大约只应天上有。

天帝都城高耸入云,被水清见底的护城河环绕,犹如一株巨型蘑菇,耸立在昆仑山之巅。

寒渊早前与义渠人有盟约,了解此地地形,轻而易举便抄小路入了城。可渠梁、言羽等人却被护城河阻了去路。

"所有秦军听令!"渠梁高呼,"渡河,攻城!"

一声令下,纪律严明的秦军便下了水,丝毫不畏水寒刺骨。

"水里有暗器!"只见最先下水的一批秦军,被寒渊布下的暗器所伤,渠梁赶忙命令士兵撤回岸上。

"从士兵伤口来看,恐怕不是暗器。像是妖兽的咬痕。"言羽分析道。

"难道水下有妖?"渠梁问。

"或许是寒渊用'收魂灯',掌控了除相柳以外的一些小妖。"言羽说。

"那我们派人下水去捉妖。"渠梁说。

"如果当真是妖,那我们的人下水基本是自寻死路。"言羽面色凝重。

"那我去!"姬雀水性极好,又有降妖的本领,虽然不大精通，但对付一些小妖还是绰绰有余。

"也好，注意安全。一旦不敌，立即上岸。"言羽说。

"不行，你不许去！"正当姬雀要下水降妖时，菩菩突然大喊道。

姬雀放出豪言壮语："咱们这几个人中，就属我水性最好，又会幻术，捉区区几只小妖有什么大不了的？"

"不行，这里这么冷！水下极寒，你在昆仑山上被寒渊的人打得那么重……"菩菩无不疼惜地说。

"可是我不去谁去呢？没有人比我更合适了。放心吧！"姬雀大义凛然，没有一丝畏惧。

爱情，真的让他变成了更好的人。

"我不想让你去！"菩菩的眼泪溢满了眼眶，抓着姬雀的胖手，死死不松开。

"你怕我死啊？"姬雀笑了，眼角全是宠溺。

"我怕你离开我，就再也回不来了。巫族被灭以后，我已经没有亲人了，你就是我在这世上唯一的亲人。"菩菩哭着说。

"那你说，你是不是终于开始有点喜欢我了？"姬雀趁火打劫地问。

菩菩擦掉眼泪，望着姬雀，很认真地点了点头。

"哈哈哈，我姬雀终于等到这一天了，真是死亦无憾了！"姬雀大笑着说。

"不许你死！你死了我欺负谁去？"菖菖重重地拍在姬雀的肩膀上。

"好好好，我不死。好不容易等到你喜欢我了，我怎么舍得就这样死了呢？"姬雀油嘴滑舌地说。

"那你必须答应我，不许逞能，有危险就上岸！"菖菖神情严肃。

"遵命，媳妇儿！"姬雀开心地说。

姬雀下水后，很快便将几只小妖制伏，顺利完成任务，也顺利赢得美人心，好不得意。

来到城下，士兵们发现，通往天帝都城的云梯已经被摧毁，只能依靠绳索往上攀爬。

城墙上"傀儡兵"不停地放箭，杀死了很多秦军。

"让士兵强攻是行不通的。我要亲自攻城，手刃相柳和寒渊。"言羽说道。

"可是你的武功……"渠梁在一旁担忧地问。

"应龙唤醒了我身体里沉睡的法力，我现在的武力不在任何人之下。"言羽答。

"可你毕竟没有试过，你都不清楚自己的能力有多高。"青烛说道。

"没时间犹豫了，神玥还在他们手里，我不想再有一个人为我而死了。"言羽脸上写满决绝。

说罢,言羽便飞向天帝都城,"傀儡兵"的弓箭也奈何不了他。

"寒渊!我是来取你性命的。"当言羽英姿飒爽地站在寒渊面前时,寒渊知道,言羽已不是从前那个对自己恭敬、信任、依赖的小师弟了。

"那就先取了神玥的性命吧!"寒渊阴险道。

我在黑暗、孤独中摸索,突然耳旁又响起熟悉的指令:杀人。

于是,我冲向眼前的少年。

他一袭白衣,好生眼熟。

"杀掉他!"那个声音又出现了,我的手脚像不听指令般疯狂攻击着少年。

少年并不还击,只是格挡。

他轻声唤我:"神玥,我是言羽。"

我突然一惊。

言羽,似是故人的名字。

"快去杀掉他!"指令再次响起,我来不及细想,又对他发起新一轮进攻。

"你不会忘了我的,你只是暂时失去了部分记忆而已。你永远不会忘记我的,我是言羽。"少年重复道。

"在你被奴族祭河时,是我救了你。你随我降妖,用桃木扇战胜宗布神。为降服相柳一路追至青城山,后来又来到昆仑。我们一起经历了那么多事情,你怎么忍心忘了我。"言羽一边躲着我的进攻,一边大声说着。

我脑海里不断地上演一幕幕支离破碎的画面。

在高高的祭台上,我遇到一个年轻的女巫,她说放我走,我一抬头,看到山顶站着一个闪闪发光的人。

去度朔山取桃木剑,坠下悬崖,被一个胖胖的男子救了下来,我心想一定要活下去,帮一个人取到他想要的东西。

在蜀王宫殿里,一个妩媚妖娆的女子跳舞,但我生怕她伤害我想保护的一个人。

在一片密林里,我抱着一个气息奄奄的少年,轻轻地吻了下去……

为什么我想到你的时候,心里会欣喜,会期待,又会隐隐地有些疼痛?

难道这就是爱情吗?

五味杂陈,我的心脏竟有些承受不了这样的沉重。我痛苦倒地,抱着两肩翻来覆去。

可是那个少年啊,你为什么要出现在我的世界?

大约你是我命里的劫。

这一世,忘不了暮色下回眸的你,躲不过命运下过的雨。

此时，言羽突袭寒渊，寒渊根本不是对手。

言羽一剑刺破'收魂灯'，魂魄飞出，回到我身上。

寒渊还想顽抗，却被言羽一掌击中，坠落天帝都城。

"傀儡兵"无人控制，不会动弹，不能继续放箭，秦军冲入高城。

我想起了一切，想起曾经爱过、恨过、痛过，心意难平。

渠梁最先跑到我身旁，一把揽过我的肩："玥儿，你没事吧，我好担心你！"他眼角沾满泪水。

"我的渠梁哥哥从来不哭。"我笑着帮他擦去眼泪，却不料自己也落下泪来。

"是渠梁哥哥没有保护好你。我保证以后都不会再离开你了，不会让你一个人再受一点苦。"渠梁抱紧我。

"一言为定。"在渠梁的怀抱里，我恍然有种心安的感觉。

那一刻，我幡然醒悟。

大约真正的爱情，不是心痛，而是心安吧。

除掉相柳

言羽搜遍全城，终于发现了躲在天帝都城宫殿里的相柳。

他发出一声惊天动地的怒吼，不像人声，倒像兽吼。

言羽化身成龙，径直奔向相柳，众人惊得目瞪口呆。只见那两只可怕的生物斗作一处，一龙一蛇，一时间整个天帝都城都摇摇欲坠。

言羽根本没有打算给相柳留活路，而是打算杀死他，再将它封印。

渠梁、青烛、莒莒、姬雀和已经恢复神志的我，纷纷赶到殿内，齐心协力，帮助言羽砍断了相柳所有的头颅。

但言羽仍不罢休，他永远无法原谅，相柳杀死自己的生母，又让小寻丧了命。于是，在相柳死后，他又给了相柳重重一击，把相柳打得魂飞魄散，再也无法轮回转世。

"赶快离开这里，让所有士兵都撤出天帝都城。我要把这里所有的妖兽全部封印起来！"言羽高喊道。

没有了寒渊，"傀儡军"都不能行动，整个都城的妖兽都失控了。

秦军迅速撤离，我们也全部离开，言羽飞到城外，打断了天帝都城的支柱，整座城池轰鸣着，坍塌下来。

言羽利用龙的力量，召唤出巨硕无比的玄铁简，封印了整座城池。

"山海生万物，有灵则为妖，有情则为人。"

此时，天帝都城中有一个九头巨蛇，化为一缕白烟，变成《山海经》中新的一卷。

展卷，上书一字：

贪。

历尽千难万险，相柳终于被封印了。

封印言羽

封印相柳之后，言羽落回地面，所有人都欢呼起来。

我们这一路走来，遇到妖，遇到兽，遇到人，遭逢数不清的艰难险阻，也撞见了太多善意与深情。每个人都像经历了一场轮回的洗涤，身处其中，思索生而为人的意义。

如今，终于尘埃落定，所有妖兽都被封印。

可是，封印了妖兽又能如何？

难道就可以换得百姓安宁吗？

看着这仍不太平的世道，所有人都很失落，因为我们明白，纵然所有妖兽全被消灭，天下依然没有长安。

原来最可怕的，从来不是妖，而是人。

我们依然站在满目疮痍的大地上，看生灵涂炭，战乱无休。每天都有无数孩子倒在血泊中，每天都有无数家庭妻离子散。

乱世之中，焉有完卵。

言羽突然转过身来，对我说："我想拜托你一件事。"

"什么事？"我问。

其实经历了这么多，我早已看清了言羽的心，他的心里只能装下小寻一人。纵然小寻离世，他也无法再接纳旁的女人，跟他的生父应龙一样，即便爱人亡故，亦不会接纳旱魃。

而我，也终于在一次次的失望中，放下了对他的执念。

我想，我应该值得追求更好的人生和更纯粹的爱情。

渠梁哥哥，才是值得我托付此生的人。

他不会让我等，不会让我猜，不会让我过得这样辛苦和疲惫。

从前的那么多年，因为这场苦恋，我已经太累了。

有时，我们以为，放下一个人是一件很难的事，会花很久的时间，经历无尽的痛楚。但事实上，或许只是一瞬，我们就突然放下了那个很爱很爱的人，也放过了曾经那么辛苦、那么执着的自己。

多年以后，或许我不会再爱言羽，但他始终是我在这世上爱过的第一个男人。

我会希望，他永远过得好。

"其实我的使命还未完成，《山海经》还差一卷。"言羽说。

"也就是说，还有一只妖没被封印，对吗？那我们走吧，继续上路捉妖。"我说。

"我们不必上路。"言羽一字一顿地说，"妖，是我。"

众人惊诧。

"我是半人半妖,身体里流淌着妖的血液。为了封印相柳、战胜寒渊,我让我的生父应龙把我体内所有的妖性都激发出来,因此拥有了过人的武功。我现在还能控制我自己,但假如将来某一天,我无力控制自己体内的妖性,极有可能变成下一个危害天下的祸患。"言羽面色沉静。

"那我们永远和你在一起,一旦你发作,就立即把你制伏,可以吗?"菖菖问道。

"其实以你们的力量,已经根本无法控制我了。"言羽说。

"那便只有这一条路了吗?"青烛问。

"封印我,其实是最有效、最根本的方法,一切祸患与风险都可以被扼杀在萌芽下。况且,我眼睁睁地看着生父和小寻为我而死,对这个世间也没有什么可留恋的了。我们为了守护这个天下,已经牺牲了太多,我怎能允许自己有朝一日再将它摧毁?"言羽泰然道,"我只想让各位将我封印,完成《山海经》。如果可以,请将我封印于'鬼谷'之中。"

"我们从此便见不到你了吗?"我的眼角不经意间已沾了泪水。

"也未必。我们可以定一个三年之期。如果三年内,我的妖性没有发作,也愿意重回这个人间,那时我会踏破铁鞋,寻找各位。"言羽笑着说。

"那便依你罢。希望那时的天下，能变成一个太平盛世。"青烛说道。

言羽把我拉到一旁，避开众人，低声说："神玥，我们认识这么久了，我知你心意，也非常感激你的倾慕。你跟着渠梁，去开天辟地，建功立业，他才是那个能够改变你族群命运的人。"

我点点头，眼泪滚滚落下。

他到底是知我心意的，足矣。

说完，言羽对众人抱拳："江湖路远，后会有期！"

青烛念着那句"山海生万物，有灵则为妖，有情则为人"，言羽缓缓消失，化作一缕白雾。

《山海经》的最后一卷终于完整，上书一字：

慢。

人间有五毒心：贪、嗔、痴、慢、疑。

相柳之贪婪，宗布神之嗔怨，河伯之痴情，言羽之傲慢，旱魃之多疑，世人各路烦恼莫不生于此。

最终，相柳被杀。寒渊败北，武功尽失，一路跋涉回齐国，却看到齐国都城已被秦军所破，种种刺激下，变成一个疯子。

言羽为保天下太平，失去了深爱的小寻和亲生父亲，又将自己封印于"鬼谷"。

这个人间，来之不易。

多年以后，当我垂垂老矣，望着已经没有战乱的国度，依然怀念言羽。

若没有他，便无此太平。

据说，有人曾在赵国见过一个衣衫褴褛的乞丐，疯疯癫癫地嚷着"复国"，手里还拎着一盏破灯笼，自称能"收魂"。他不知死活地来到宫前，说要见赵王，让赵王帮自己复国，被门卫乱棍打出，不知所踪。

三年以后

半幅青帘柳外斜，瓮头春色泛桃花。
客散酒醒深夜后，野人闲去问酒家。

阳春三月，魏国都城。

高高的城墙下，屋宇鳞次栉比，街上辚辚车马川流不息。街道两旁的茶馆、酒肆、当铺、作坊挨挨挤挤，酒旗迎风，红墙绿瓦，飞檐横空。

空地上，还有不少张着大伞的小商贩，货摊上摆着糖人、剪纸、灯笼、杂货，迎来送往，吆喝南北。还有耍把式的、看相算命的，形形色色。行人络绎不绝，有的挑担赶路，有的赶毛驴拉货，有的在地摊旁高声砍价，好不热闹。

"这位官人，您娘子好生美丽，配上我这柄玉骨扇，真是锦上添花啊！"路过一个卖扇子的小摊，小贩喋喋不休地游说我们买他的扇子。

我扭头看看身旁的丈夫，他柔声问我："喜欢吗？"像极了小时候的模样。

我打量了一眼那柄扇子，说："我不要，桃木扇陪了我十余年，我才不会换呢。"

"桃木扇毕竟不是把扇子，而是一个暗器。你一个女孩子，总是打打杀杀的怎么行？"他笑着说。

"要是没有它，我们怎么可能收得了宗步神呢！"我一挑眉，说道。

他的笑意更深，"以后有我保护你，你再也用不到桃木扇了，娘子。"

"哎呀，你还是叫我玥儿吧！从小到大叫了那么多年，突然改口，我真不习惯。"我娇嗔道。

"可是你叫我'官人'，我就没有不习惯啊！"他揶揄道。

"我才不要叫你官人呢。"

"不叫官人，那叫什么？"

"还和以前一样啊，渠梁哥哥。"我歪着头看他。

旁边的小贩着了急，"两位客官，您看我这玉骨扇……"

"不买，咱们赶紧去菡菡家，我已经迫不及待地要看她的女儿啦！"我晃着渠梁的手臂，对他说。

渠梁说："买把扇子又不耽误什么功夫，多少钱？"说着，便不由分说地付钱，买下了那柄玉骨扇。

我望着他的侧脸，心里泅满了柔情。

一晃，已经过去三年了。

三年间，发生了太多故事。

姬雀带着菡菡回到家乡，两人张罗着开了一间酒肆，热热闹闹地过起了小日子。青烛回到苍山，继承师父句芒的衣钵，虔心修行。我加入秦军，成了渠梁的军师和助手，助他建功立业，攻城略地。从两小无猜一起长大，到兜兜转转地离散，末了终成眷属，我们一起走过了十余年。

其实外婆给我的那道神谕，那个"闪闪发光的人"不是言羽，而是渠梁。言羽只是碰巧站在了山顶，他的护心镜在太阳的照耀下，才闪闪发光。

跟着渠梁，我才真正改变了奴族的命运。

他骁勇善战，雄霸一方，废除奴制，让世上不再有生来卑微的奴隶。

他，才是神谕里的那个人。

也是只属于我的,渠梁哥哥。

前不久,姬雀写信给我们,说菩菩给他生了一个小女娃,借着给孩子办满月酒的机会,邀请我们几个曾经同生共死的伙伴,重新聚聚。

多年不见,大家可有什么轶事趣闻?

都经历了怎样的悲欢离合?

三年了,你还好吗?

"呦!笨神玥,你终于来了!"姬雀早早等在酒肆门口,大老远看见我,就招呼上了。远远看去,姬雀原本微胖的身材,几年不见愈加发福,俨然一个弥勒佛样。

"你又富态了不少啊!"我快走两步,到了他身边。

"都是托孩儿她娘的福,瞧给我喂的,都催肥了!"姬雀拍拍自己圆滚滚的肚子,一脸得意地说。

"好了好了,谁不知道你娶了个好媳妇呀!"我笑着说。姬雀虽然有点懒馋,当年在路上偷奸耍滑总少不了他,但对菩菩,却当真是一片痴心,此生不渝。单凭这份深情,我也是欣赏他的。

"你不也娶了个好媳妇吗!是吧,渠梁?"姬雀冲渠梁挑了挑眉毛,笑着问道。

渠梁看着我,说,"当然,我娶了全天下最好的媳妇!"

我羞红了脸，抿嘴浅笑。

"姐姐！我好想你呀！"蕾蕾人还没到，声音倒先从屋里传出来了。

我看着她脚步轻盈地走出来，忍不住惊叹："蕾蕾，你生了孩子当了妈，身材怎么一点变化都没有啊！还和以前一样，像个小姑娘。"

"哈哈！因为我有保养秘籍啊！快进屋，快进屋！我跟你好好说说，反正你很快也要当妈了！"蕾蕾冲渠梁吐吐舌头，揽着我的胳膊进了屋。

我进屋一看，青烛已经到了。他坐在门口的一张桌上，独自喝着茶，一副仙风道骨的模样。

"青烛师兄，好久不见啊！"我和他亲切地打着招呼。毕竟是曾经一起出生入死的伙伴，纵时隔三年，再相见也没有丝毫生疏。

"神玥，渠梁，别来无恙。"青烛一如既往，惜言如金。

环顾整间酒肆，言羽不在。他终于还是没有赴这场三年之约。

席间，众人推杯换盏，酣畅淋漓。

姬雀嘬了一口酒，笑着说："渠梁啊，认识你这么久了，竟不知你祖籍何处，是甚姓氏？"

渠梁浅笑："秦人，姓嬴。"

姬雀大惊，忙给坐在我身边的蕾蕾使眼色，意欲下拜。

渠梁拦住姬雀，"我们是生死与共的家人，不必多礼。"

菩菩睁圆了一双大眼睛，晃着我的胳膊，用难以置信的口吻说："渠梁难道是……"

我轻轻地笑了笑，"渠梁哥哥永远是我们的家人。"

这时，姬雀家的大管家匆匆跑过来，"老爷、太太，小姐醒了，一直哭个不停。"

"我去看看！"菩菩一个箭步离了席。

"你跑慢点，当心台阶啊！"姬雀扯着嗓子喊。"唉，自从有了孩子，但凡有个风吹草动，孩儿她娘就坐立不安。以前睡得多沉，夜里被人抬走都醒不了的主儿，现在只要孩子哼一声，三更半夜的，立马起身点灯。"

"为母则刚嘛。"我虽未做母亲，却能理解菩菩。

说话间，菩菩已把小娃娃抱了过来。珊瑚色的小手臂肉乎乎的，像一节莲藕，从襁褓里探出来。我靠近过去，仔细打量这个小娃娃。她竟不哭不闹，饶有兴致地端详我。我发现她眉心，竟有一片蛇形鳞片的胎记。

"你还记得玄柳给咱们讲过的那个故事吗？"我压低了声音问菩菩。

"怎能不记得，或许是那个女孩转世，投胎给我做了女儿。这一世，我成全玄柳守护他的心上人，下一世他来守护我的女儿，算是报恩了吧。"

我们信轮回，信宿命，信行善积德能换来善报。

也信三生三世，该遇见的人一个也散不了。

鬼谷奇缘

千里之外，言羽一袭白衣，坐在山林深处，日复一日读《山海经》，尽兴之处，浮一大白。

一天，静寂的林间，来了位眉目俊朗的少年。

少年寻了三天三夜，终于找到捧书下酒的言羽。

他谦谦拜倒在言羽身前，"久闻尊师智谋举世无双，在下愿拜您为师。"

"哦？"言羽双目未曾离开书本，问来人："我出世数载，槛外人何知我？"

"秦国几年间迅速强大。闻秦王曾有军师指点，其名王诩，今已隐遁。世人不知其为何隐居、居于何处，只得称为'鬼谷'。鄙人踏破铁鞋，跋山涉水，终于寻到此地，找到尊师。"少年眼眸清亮，心有烈焰。

"我自离开苍山后，便不叫王诩了，改称言羽。"言羽淡然道。

"来者姓甚名谁？"

少年答："商鞅。"

番外：红尘不渡

2017年，南京。

"同学们好，我叫颜予，教大家本学期的壁画课。"

那是我初次见你时的画面，曾无数次出现在我的梦里，历历在目。纳兰容若讲，人生若只如初见。

如果我此生，与你只有这初见的一面之缘，是否余生会好过一点？

我一直执着地以为，你是我混沌中的一束光，可你其实只是我懵懂无知时的一场梦。

你的课，我从不缺席。

你带学生采风，我全都报名。

我每天守候在你必经的路上，像阳光下慎重地开满了花，朵朵是我前世的盼望。

你丢了，我踏遍千山万水，吃尽世间百苦，寻你。

眉间解不开的结，命中躲不过的劫，是你。

可你却从未爱过我，是我一再自欺欺人。

在你眼里，我只是一个才华横溢的学生。而你爱的，始终是你青梅竹马、英年早逝的亡妻。

我不甘心，不承认，妄图取代她在你心里的位置。

这世上最遥远的距离,是我站在你身旁,你却不知我爱你。

一身风尘,我回到南京。

在颜予墓前,泪如雨下。

我在昆仑山时,室友发微信给我:颜予经警方确认,已死亡。

他在山海窟中修复壁画时,某天傍晚,打算去市区买些日用品,结果在大漠中迷了路,终于消失在西北的风沙里。山海窟的看护老人年事已高,耳朵不大灵光,没有听到颜予离开洞窟,而且老人家迷信,以为他在窟里失踪了,才报了警。

警察在北戈一带,找到一具面目全非的尸骨,经过DNA检验,证实是颜予。

他的骨灰被带回南京,葬在这座没有秋季的城市。

他走了,只留我独活于世,倾尽怀缅,寸断肝肠。

"走了万水千山,你终于回家了。"一个低沉而慈祥的声音在我身旁响起。

是谁,如我这般凭吊颜予?

我蓦然转身,望见两鬓斑白的父亲。

在我的记忆里,父亲永远是意气风发、挥斥方遒的模样,指挥千军万马,在生意场上拼搏厮杀。在我印象中,他永远果决,永远不认命,永远不服输。他从一穷二白,建立起属于自己的商业帝国，为我和母亲创造优渥的生活，也允许我所有的任性。如果没有父亲，我绝无勇气踏上征途，千里迢迢寻找颜予。

可是，岁月从来不曾饶过谁，终有一天，父亲也会老去。

望着父亲花白的头发，我的泪水霎时从眼角淌到心底。

"爸爸……对不起……"

"傻孩子，说什么对不起呢。爸爸其实挺欣慰的，有你这样一个执着的、坚定的女儿。当初你喜欢壁画，坚持回国念书，放弃了国外更光鲜热门的专业，你知道自己要什么，这并不是所有人都能做到的。如今你为了喜欢的人，义无反顾，寻遍山川湖海，爸爸真的为你骄傲。"说着，父亲一把揽住我的肩膀，把我拥入怀里。

我放声痛哭，像是这些年所有的委屈和辛苦忽然有了着落。

只有在父亲的肩头，我才可以卸下全部的伪装。

其实我早该想到，是父亲安排了这一切。

我不辞而别，冲动地前往敦煌时，父亲向我的室友打听，得知我去寻找失踪的颜予。而后，他让神秘的长者指引我方向，怕我路途艰险，一直派人暗中保护我。一个父亲，为了成全女儿的心愿，又为了护她周全，竭尽全力。

后来，母亲谈及这段过往，说他们那段时间时常整夜失眠，唯恐我有丝毫闪失。但他们又很清楚，我是怎样倔强的姑娘，认定的事没有人拦得住。所以他们装作不闻不问的样子，每天刷着我的微博和推特，在远方小心翼翼地关注我、呵护我。

这份小心翼翼，却让我心怀太多的歉疚与不忍。

我想起最初，父亲派"徐太宇"开着私人飞机送我去左江。

"徐太宇"问我，妈妈是否知道我离家，我摇头。他说，我们只能看到自己时空里的人事物，除此之外，一切未知。

那时的我并不知道，他在暗示我，沉溺于自己的悲欢世界，却看不到一片拳拳父母心。

万水千山走遍，我回到原点，才读懂父母深沉的爱。

遗忘是人的天性，所以才格外珍惜身边的每段长情。

当你初遇一个人，结局就已注定。

在万丈轮回里，相爱的人终会厮守。

正如我们生活的这个时空，它是圆的，无论怎样背道而驰，都会重新相遇。在跌跌撞撞的时光里，无数个离别的时辰，永远藏着无数个重逢的理由。

前世，相爱的人是言羽和小寻，任神玥怎样努力，终究无法得到言羽的心。

今生，颜予的挚爱是他青梅竹马的亡妻，任我怎样追寻，永远追不上失去的脚步。

红尘不渡。

天地仁慈，一厢情愿的人才最该放手。

我在人间流浪，已是十年踪迹十年心。

大约直到如今，我才真正毕业。

全文完

结稿于2019年初夏，南京

在这个时代，我们没有时间去想象，没有时间去作诗，甚至没有时间去做梦。

但我们又确实需要一种远大的、轻松的、无功利的精神生活，《山海经》的要点就在这里，它是无功利的。它对涨工资、买房子、衣食住行任何方面，都没有什么帮助，但它是潜移默化的，告诉你中国人长久以来是这样想问题的，也能让你从日常的精神压力中走出来，短暂地休息一下。

你会发现，还有这样一种生活方式，还有这样一种想象的思维方式。慢慢地，你就不会被世俗的，更紧张的生活所击垮。甚至你会改变自己，慢慢地培养出不一样的品质，能够超越性地看问题，有想象力地去想象一些应付方案；它也能帮你找到心灵寄托，找到更加安稳和宁静的地方，更加终极的地方。

这些改变，就是文化的力量。

——从《山海经》看华夏文明的起源

图书在版编目(CIP)数据

山海藏经 / 陈小遇著. —北京：人民交通出版社股份有限公司，2019.12
ISBN 978-7-114-15822-3

Ⅰ.①山… Ⅱ.①陈… Ⅲ.①长篇小说—中国—当代 Ⅳ.①I247.5

中国版本图书馆CIP数据核字（2019）第190683号

The Legend of Mountains and Seas

书　　名：	山海藏经
著 作 者：	陈小遇
监　　制：	邵　江
策　　划：	李梦霁
责任编辑：	李梦霁
特约编辑：	刘楚馨　陈力维　苗　苗
营　　销：	吴　迪
责任校对：	赵媛媛
责任印制：	张　凯
出　　版：	人民交通出版社股份有限公司
地　　址：	（100011）北京市朝阳区安定门外外馆斜街3号
网　　址：	http://www.ccpress.com.cn
销售电话：	（010）59636983
总 经 销：	北京有容书邦文化传媒有限公司
经　　销：	各地新华书店
印　　刷：	北京盛通印刷股份有限公司
开　　本：	880×1230　1/32
印　　张：	7.125
字　　数：	128千
版　　次：	2019年12月　第1版
印　　次：	2019年12月　第1次印刷
书　　号：	ISBN 978-7-114-15822-3
定　　价：	69.80元

（有印刷、装订质量问题的图书由本公司负责调换）